每条路都有
不得不跋涉的理由

陈晓辉　一路开花◎主编

煤炭工业出版社
·北 京·

图书在版编目（CIP）数据

每条路都有不得不跋涉的理由／陈晓辉，一路开花主编．--北京：煤炭工业出版社，2015（2023.1重印）

（读者精华文摘）

ISBN 978-7-5020-4945-4

Ⅰ．①每… Ⅱ．①陈… ②一… Ⅲ．①散文集—中国—当代 Ⅳ．①I267

中国版本图书馆 CIP 数据核字（2015）第 206868 号

每条路都有不得不跋涉的理由

主　　编　陈晓辉　一路开花
责任编辑　马明仁
责任校对　郭浩亮
封面设计　宋双成

出版发行　煤炭工业出版社（北京市朝阳区芍药居 35 号　100029）
电　　话　010-84657898（总编室）
　　　　　　010-64018321（发行部）　010-84657880（读者服务部）
电子信箱　cciph612@126.com
网　　址　www.cciph.com.cn
印　　刷　北京飞达印刷有限责任公司
经　　销　全国新华书店

开　　本　710mm×1000mm 1/16　**印张**　13 1/2　**字数**　170 千字
版　　次　2015 年 10 月第 1 版　2023 年 1 月第 5 次印刷
社内编号　7791　**定价**　46.00 元

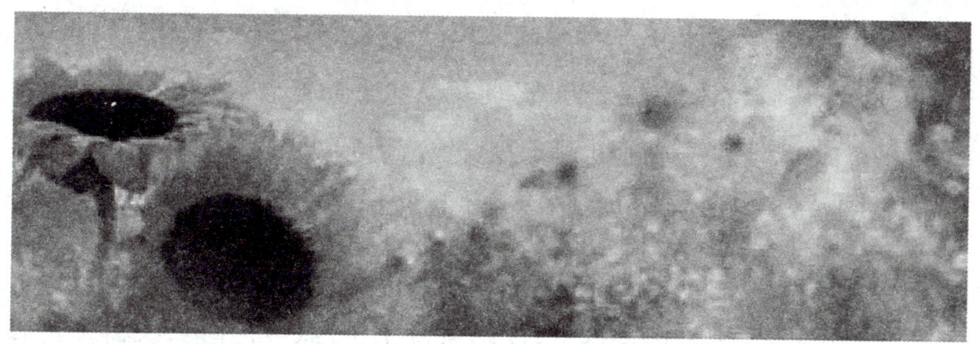

把生活过成最美的诗句

文/雪炘

他是为数不多，没被我的直接尖锐吓跑，而每次都表现得很绅士的男生。

他家离我住的地方不远，当我将他挑剔到无力反击的时候，他说见面吧。既然那么有缘，我也闲来无事，见面谈谈无妨。

他说他想了好几天，见到我要聊什么，可见面还是显得很沉默。

我说，你平时生活中就这么不爱说话吗？

他说，大抵如此吧。

我心想，这样才好，因为他说话直接到让你吐血。比如，他见到我第一句话是，你的身体状况比我想象中严重很多。

我点点头，微笑，因为感觉没法接。

他又杀出第二句，说，你能说话吗？

我脑子里嗡嗡作响，气流从鼻孔涌出，却只能继续微笑。

他马上接着问，你笑什么？

我笑着摇摇头，说，我们还是走走吧。

夏天清晨的校园有轻凉的风，我却感觉太阳照在肌肤上，有一种灼烈的想逃脱的感觉。走到阴凉处，他很仔细地擦擦石椅，和我并排坐下来。这次好像好了一些，我们开始聊新闻和电影。可没过多久，我又没法去接他那独特的言辞，我们继续漫步。

再遇阴凉处，他又掏出纸巾，仔细擦着凳子，然后走向垃圾桶。我们坐在树下，开始聊生活和感情，这次感觉好了很多。微风拂过草地，树上的虫子不断落在我身上，他一个一个捉走。

我问，为什么虫子不落在你身上?

他说，因为你是香的，我是臭的，它也懂得吃香的喝辣的。

我瞬间要跪着感谢上苍，原来也给了他幽默细胞。

后来相处久了，才发现，他说话总是那么不紧不慢、面无表情，但每句话都能让你笑到半死。他对人的关照，自然中透着细致，细致到会默默抚平你发间的疲惫。

他会把你爸、你妈，改说成叔叔、阿姨。每次出门，他都会把沿途的垃圾，收集在一个袋子里，然后找垃圾箱放进去。如果道路狭窄，他就将我拉到旁边，让别人先过。如果是晚上，他会提醒我，说话小声点，别打扰别人休息……

我从他身上清晰感受到一个词——教养。

有个朋友说，教养不是道德规范，也不是小学生行为准则，其实也并不跟文化程度，社会发展，经济水平挂钩。它更是一种体谅，体谅别人的不容易，体谅别人的处境和习惯。

同样的，教养是能够从内心深处，理解和接纳别人不常规的地方。其实生命的相同之处，就在于他们用各自的特点，表现出了完全不同的样子。

阅读是为了解释经历，而经历能够让一个人足以体悟他人。有了这种体悟，你才能在生活中，更好地与一切相处。你不会粗暴地赞美或者责难，因为你明白，所有事物背后都有一道逻辑链，只是我们常常忽略或看不到。

我们都是有教养的人吧，所以才没在不美好的相遇中，匆匆抽身而退。我叫他“澳大利亚”，因为他像一部百科全书，好像什么都知道；虽不扎堆，却富足优雅，仿佛拥有一个完整的世界。

我们常常聊电影，聊生活，聊工作，他的每句话永远那么搞笑，却能耐心听你说任何事情，然后不紧不慢发表言论。

他从开始，就教了我一个词，叫“无欲则刚”。起初我不太明白，后来我懂了：只有对外界毫无索求的人，才能在生活的每一场剧目中，优雅地缓缓出场和落幕。而我们都活得太急躁，什么事都在争取时间，不经意间就提高了语速和步伐，却不知道如何将自己拉回来。

一直被教导着，做一个有用的人，去干伟大的事情。可是，何为有用的人，何为伟大的事？有人为了达到自己的目的，不惜用各种技巧和方法，去损害别人的利益，甚至尊严。这种人就算腰缠万贯，成为世俗意义上的成功者，你能说他是个有用的人，做了伟大的事吗？

我们都是尘世里的平凡人，平凡到如同一颗沙子，一阵风吹过就消失不见。阅读不会让你变得伟大，更不会成就你的梦想，它只会让你在平凡里从容不迫，成为一个有教养的人。

在偌大的宇宙空间里，我们本身是没有任何意义的，我们只对彼此有意义。于本身生命而言，最幸福的不是你被多少人熟知和认可，而是你有情趣把细小的日子过到精致。

书里教给我们为人处世的技巧和方法，我们要了解和懂得，但不要让自己成为技巧和方法的载体。所有的方法和技巧，都是为了彼此更好地

沟通和理解，而不是为了达到自己所谓的目的。如果你本身就是在演戏，那演技再好，也不过是戏。人与人之间重要的是坦诚，直接表达，好过一切粉饰过的委婉动听。

我们可以普通，但要像“澳大利亚”一样绅士优雅，把生活过成最美的诗句。

2015 年 5 月 13 日
书于陕西杨凌

（雪炘，先天性脑瘫患者。拒绝《感动中国》栏目组邀请，拒绝接受残疾补助。热爱生活，尊重平凡。文章常见于《青年文摘》《思维与智慧》《疯狂阅读》《做人与处世》《课堂内外》《知识窗》等杂志，并入选多部图书。获全国性文学奖数次。）

目 录

第一辑 多少爱在时光中来不及

我们有多少回这样尴尬而心痛的瞬间：子欲养而亲不在。经常觉得时间还够，等我赚钱了，等我成功了，等我买房了……可是，等这些有了，亲人可能就没有了。想爱，请趁早！

第二辑 如果爱意可以快递

你有没有思考过这样一个问题，一些人改变自己的习惯，其实压根就不是为了自己，而是为了所爱的人。

第三辑　记住回家的路

家的感觉,家的温馨。每一个游子的心里,都有这样一个地方。想起来都是暖暖的。心若没有栖息的地方,到哪都是流浪。

第四辑　以你的方式爱你

怎么去更好的爱一个人,那恐怕就是要站在对方的角度去考虑问题,但不是每个人都可以做到这一点的。

第五辑　亲情之路唯有爱可以修复

小时候，一直认为家乡是用来远离的，只有远离了家乡才能看清她的美。长大后，真的看清了她的美。再后来，由日日的期盼到渐渐的害怕回去，家乡变得越来越陌生了。

第六辑　有谁知道李芳蓓的忧伤

我们跟别人是有距离的，因为一些不为人知的伤痛，因为难以启齿的柔弱。我们很容易接近一个人，可是很难彼此拥抱。

第七辑　成长总是带着些倔强

我经常想的一个问题是，关于长大，关于成熟，这些词汇背后的真相是什么，潜台词是什么，是规则吗，是屈服吗，还是些什么？可是我知道，经历过社会浸染以后，每个人都会失去本来的面目！

每条路都有不得不跋涉的理由

第一辑 多少爱在时光中来不及

我们有多少回这样尴尬而心痛的瞬间：子欲养而亲不在。经常觉得时间还够，等我赚钱了，等我成功了，等我买房了……可是，等这些有了，亲人可能就没有了。想爱，请趁早！

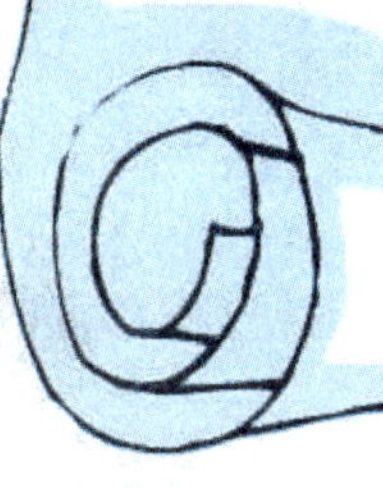

岁暮至家

纳兰泽芸

孝子之养也，乐其心，不违其志。

——《礼记》

乾隆十一年，也就是公元1746年，那年的岁暮，清朝有个名叫蒋士铨的诗人，他对他的老母亲撒了一个谎。

这个谎在时隔268年后的今天，依然打动了我的心。

1746年快要过年的时候，在外忙了一年的诗人蒋士铨，起程回老家去过年。他想他的老母亲了，不知母亲是否一切都好。

蒋士铨风雨兼程，赶了好多天的路，在一个薄暮四合的冬日黄昏，风尘仆仆地赶到了家。

他的老母亲蓦地见到了日思夜想的儿子，开心坏了，高兴得一晚上都睡不着觉，翻来覆去间，不知不觉天就亮了。

天亮后，母亲把刚刚做好的寒衣拿出来给蒋士铨看，说："儿啊，这冬衣娘正准备寄给你呢，还有这封家信，都还没来得及寄。"

蒋士铨触摸着寒衣上那密密麻麻的针线，还有家信上崭新的墨痕，对母亲说："娘，您眼神不好了，做这些，得费多少心思啊。"

母亲轻轻抚摸着儿子的脸颊，心疼地说："娘没事，娘还看得见，儿啊，你怎么又瘦了呢？在外是不是过得很辛苦啊？"

母亲一句话，勾起他内心无限的委屈与酸辛——世道艰难，人心难测，一言难尽啊！

可是自己这么些年漂泊在外，根本没有尽到作为人子的孝心与责任，觉得愧疚难当。这些年在外受的那些辛苦，怎敢对母亲讲啊，讲了她只会更加担心儿子。

他努力在脸上挤出灿烂的笑容，朗声道："娘，没有啊，我哪有瘦啊，我今年还长胖了好几斤呢！"

他还拍了拍自己的肚子，虚张声势地叫："娘，你看这肚子，去年的衣裳都紧了呢！我在外头吃得好，穿得好，住得好，一切都好着呢！放心啊娘！"

这个谎撒完，他把母亲瘦削的肩膀揽进怀里，百感交集……

268 年后的今夜，孩子们都睡了，身为人母的我，读到这没有丝毫矫饰的 4 个字《岁暮至家》，读到这个对慈母的"谎言"，一样的百感交集：

爱子心无尽，归家喜及辰。

寒衣针线密，家信墨痕新。

见面怜清瘦，呼儿问苦辛。

低徊愧人子，不敢怨风尘。

无论我们走到哪里，母亲都始终日夜不安的牵挂着，我们吃的好吗，穿的好吗，过的好吗？所以在外的好多日子，我们都发现，每次报喜不报忧，每一个善意的小谎言，都会令母亲不安的心趋向安稳。所以，你学会爱一个人了吗？

别吵，让父亲睡一会儿

汤小小

爱别人，也被别人爱，这就是一切，这就是宇宙的法则。为了爱，我们才存在。有爱慰籍的人，无惧于任何事物，任何人。

——法·彭沙尔

那次回老家，在候车室里，我坐在一老一少两个男人对面，无意中，听到了他们的谈话。

年轻男子说："爸，别担心，医生说了，没事儿，这病能治。"

原来是一对父子，看他们身边的包里放着一些药物，大概父亲生了病，儿子带着他到城里的大医院诊治，这是要往家赶呢。

我不仅心生同情，多看了那父亲一眼。父亲年龄并不太大，五十岁左右的样子，只是脸色蜡黄，非常清瘦，看上去很虚弱。他穿着一件略显大的白衬衫，崭新的，与他黝黑的皮肤不太相称，大概，是为了进城而新买的吧。旁边的儿子穿着挺讲究，看样子，应该在城里生了根发了芽。

听了儿子的话，父亲摇了摇头，低声说："我就说不来看，你偏让来，白花冤枉钱。自己身上的病自己清楚，你们现在都出息了，我也没啥牵挂，就希望走得利索点，别拖累你们。"

儿子没接腔，转过脸，有泪悄悄地滑落。他赶紧抬手擦掉，不让父亲看见。

我的心忽然有一点疼，看来，父亲的病并不像儿子说的那样轻松，或许，生离死别的悲伤已经在彼此心里漫延。

两个人都没再说话。过了许久，父亲似乎累了，身体不由自主地靠在了儿子肩上，双目紧闭，看样子，已经进入了梦乡。

候车室里人来人往，嘈杂不堪，并不是睡觉的地方。儿子一手扶着父亲的腰，一只手轻轻地覆在父亲的耳朵上，试图为他抵挡一些噪音。

我本来拿出手机想给家人打个电话，看到睡着的父亲，又轻轻地把它装进了口袋里。

只见儿子像一个放哨的战士，身体保持不动，眼睛却紧张地看向每一个从他们身边经过的人，目光里写满了企求，似乎在说：嘘，别吵，让父亲睡一会儿。

同样的情景，我在一家医院也遇到过。

那是一位八十岁的父亲，在两个女儿的搀扶下，到医院来体检。父亲真的已经老态龙钟，拄着根拐杖，目光呆滞。女儿扶他走他便走，女儿扶他坐他便坐，像一个听话的孩子。

看着别人投去的异样目光，女儿解释说："父亲年龄大了，又有老年痴呆，生活不能自理。即使父亲不认识我们，只要他健健康康地活着，我们也觉得是种安慰。"

女儿说话时，父亲一直看着她，显然，他对孩子们极度依赖，就像孩子们小时候依赖他一样。

等待无聊而又漫长。在长椅上坐了一会儿，父亲似乎累了，身体一斜，倒在女儿的肩头睡着了。

医院里并不太安静。女儿搂着父亲，不敢挪动身体，另一个女儿赶紧将一件外套披在父亲身上，刻意往上面拉了拉，盖住父亲的耳朵。

看着这一幕，所有的人都压低了声音，连医生也放轻了脚步。

我忽然感觉双眼酸涩，无论在嘈杂的候车室，还是在拥挤的火车上，亦或在排成长龙的医院里，从来都是孩子靠在父亲的肩头休息，什么时候，我们看到过年轻力壮的父亲在公众场合安心小憩？父亲从来都担当着保护者的角色，只有当他们病了、老了，再也无力保护孩子时，才会心无旁骛地小睡一会儿，缓解满身的疲惫。

当我们看见一位父亲靠在儿女的肩头睡觉，那一定是因为，他在这个世界的时日已经不多。所以，无论在什么地方，无论在什么时候，当你看到一位睡着的父亲，一定不要吵，不要吵，让父亲安安静静地多睡一会儿。

父亲总是默默的为家庭付出，不求回报。偶尔累了的时候，需要肩膀靠着的时候，需要静静的休息的时候，我们做儿女的应当为父亲给予肩膀和安静。嘘，别吵……

多少爱在时光中来不及

李赟

一个老年人的死亡，等于倾倒了一座博物馆。

——高尔基

每个男孩对母亲的的心境，似乎都是要经历这种裂变的。从幼时的不可或缺到少年的默然隔阂，再到中年背后的执手含泪。

我曾先后遭遇落水，失踪，丧父等生活的磨难。我以为，人生的一切苦难都必须独立来承受。也正由于漫长的单亲家庭生活，使得我拥有异于常人的毅力。譬如，当同龄之人还在轻易哭鼻子抹眼泪的时候，我已懂得男儿有泪不轻弹，当周围的同学依旧拿着父母节省下来的生活费大肆挥霍时，我已经开始琢磨，自己往后的人生路。

至今，我还清楚地记得，念中学时，母亲先后帮我调换了三个班级。当时觉得她是出于恨铁不成钢的理念，想找一位严师来管束我，可后来才惊觉，事实并非如此。她之所以舍得花钱四处托人调换班级，是因为怕自己的儿子在长期的单亲家庭生活里，不知不觉沾染上女性的某些特质。前两位班主任，都是家庭主妇，与母亲一样。惟独最后一位是一个声如洪钟刚正不阿的中年男人。

慢慢地，我开始不由自主地疏远了母亲。我不会再将腹中的心声吐露于她，让她帮我出谋解惑。因为，我有了很多很多不可向旁人倾诉的小秘密。由于发育的缘故，我的身体已经有了天壤的变化，这，我不能对我的母亲说。由于情愫懵懂，我对周围的某个异性已经产生了无可名状的依恋，这，我不能对我的母亲说。由于交友愈加广泛，我有了更多的地方和更多的游乐场可去，这，我不能对我的母亲说。

我的母亲就这样渐渐地在我的成长中被疏离。我也害怕自己变成母亲那样，做事优柔寡断，缺乏主见，于是，我不得不逼迫自己要变得更男人一些。

烈日当头的时候，我敞露着膀子，在环形跑道上挥汗如雨；众人意见分歧时，我挺身而出，将他们的矛盾化解；旁人碌碌无为之时，我已经开始摸索写作，靠微薄的稿费来填补生活的某些空白。

很多年后，我不再为我的衣食发愁，因为写作，因为当初的努力和改变，我有了富足的生活。在大学最后两年里，我不曾伸手向母亲要过一分学费，我的写作之路，也已然步入正途。于是，我有了时间慢慢回想，旧日的很多时光。

当我提笔要为我的母亲写下一些东西时，愈发明白，时光的残忍和无奈。她已不复当年的模样。那条清幽的石板路，她往往要呼哧呼哧地走上半个时辰才能到达尽头。我含着泪，坐在书房的窗台上，一面看着她忙里忙外，打扫庭院，一面细细地用笔挥摹，我的母亲。

前些天，看到史铁生的一句话，忽然泪如雨下——“儿子的不幸在母亲那儿总是要加倍的。我真想告诫所有长大了的男孩子，千万不要跟母亲倔犟，羞涩就更不必了，我已经懂了，可已经来不及了。”

看完这段话，我第一时间想起了早逝的父亲。我有很多的时间都在想，都在懊恼，他这短暂的一生，都还未曾接受我尽尽孝道，便匆匆消散了。

亲爱的朋友，趁你的父母尚在，好好地疼惜他们，将那些你想说，又觉得羞涩的话，告诉他们。别让你的爱在最后，赶不上时光匆匆的脚步。

我们有多少回这样尴尬而心痛的瞬间：子欲养而亲不在。经常觉得时间还够，等我赚钱了，等我成功了，等我买房了……可是，等这些有了，亲人可能就没有了。想爱，请趁早！

让爱去爱

倪西赟

心心相印的人，在悲哀之中必然会发出同情的共鸣。

——莎士比亚

世上，总有缘深缘浅，爱恨无常。原以为和父亲之间，只有浅浅的爱，可没想到十几年后，我终于和父亲，再次相亲相爱。

1

“小兔崽子，等会儿看老子怎么收拾你！”

父亲喜欢用“老子”这个词称呼自己，所以，我也一直称呼父亲为“老子”。

小时候每次听到这句话，我绝对不可掉以轻心，因为老子几乎不食言。之后我绝对是跑得一溜烟！

父亲是个军人，是个活泼不足，威严有余的军人。自从复员后，对我一直“关照”有加：在家里，我吃饭要规规矩矩，不能发出声音，脚不能蹬在桌腿上，要平放在地上；有客人来了，不能上桌与客人同坐。上学了，我写字绝对不能马虎，否则老子给我劈头盖脸一巴掌。他说字像弯着长的树苗，能成材？去地里干活，不能偷懒不能马虎，否则准会被饿上一天。他说不好好种地，以后连饭也吃不上。如果哪天我做了坏事：折断了路边上的小树踩倒了人家田里的苗，他要知道了，肯定是被暴揍一顿！他说把你的手脚折断看看疼不疼？

老子不善于表达自己，只会用动作“纠正”你。从小，我就记恨着他。

得不到老子的宠爱，所以和他天生不那么热乎。

读完书，我在南方的城里安了家。老子嫌我和妹妹都在外边成家，没有个人在身边。我在城里安家了很多年，他硬是一次没去。

每次回去，和老子的交流仅限于“回来啦”、“我走了”等简短的几句话。看到老子腰板不再挺拔，一年一年增添了不少白发，我也挺揪心的。我劝他要好好照顾好自己，但他的嘴巴依旧生硬：“老子十年八年的还死不了！”一听这话，我的气就不打一处来，常常愤愤走开。

月明星稀，夜凉如水。从门缝里看到老子一个人在院子里坐着发呆，我的心又好疼。我不知如何劝他，爱他。所以，我经常逃避正面对老子表达爱，但心里却又疼着老子。我想他也一样，爱着我，却又死撑着面子，真是看着很烦，走了又很挂念。

2

我终于说服老妈让老子来城里住，是在儿子五岁的时候。

老子刚来两天就吵着回家，说这里的生活拘束，进门要换鞋，抽烟要阳台，天天要洗澡，规矩太多。

“你老是咋咋呼呼的干什么？你觉得这里规矩多，你以前的规矩也不少，也不是成天把孩子管得严严的？再说了，你刚来就走，对孩子连点热乎劲儿都没有，哪像个当爹当爷爷的？”老妈吼了他几句，真把他震住了，从此再也没有说走。但是，老子很孤独。他不看电视，不逛街，不说话，很多时候抽闷烟，一支接着一支地抽。

一天晚上，我们坐在沙发上。我靠近老子，有意和他亲近亲近，找找当儿子的感觉。老子也和我靠的很近，看样子也有话想和我说。可是，我们就那样静静坐着，回忆与现实来回穿越，夜晚静得能听见彼此的心跳，我们之间储存了十几年的话，终究没说出来……

是的，这么多年了，我们终究还是生分着。

我想给老子端盆热水，蹲下身子给他洗洗脚，而他慈祥地端坐着，用他那粗糙而温暖的大手，轻轻抚摸着我的头说一声：“乖儿子”。我想给老子剪剪那能伤着他的手指甲，听剪刀在静静的夜里发出清脆的声音。我想和他躺在一张床上睡觉，说着话，在他的臂弯里，不知不觉地睡去……可我什么也没有做……

3

当儿子睁着大大的眼睛，问我为什么不爱和他玩了的时候，他发现了我的不快乐。

我对明仁说：“没人陪爷爷玩，我又没有时间陪他玩。”

“这个好说，你不在家的时候我陪他玩。”明仁大人样地拍拍自己的胸脯。

明仁的话让我眼前一亮，是啊，何不让他去爱老子呢？我茅塞顿开。

明仁很听话，有事没事就跑过去和老子黏糊，明仁把和我很亲昵动作也用到了老子的身上，一会儿摸摸老子的胡子，一会儿亲亲老子的嘴，老子从来没有这样和我亲昵过，所以对明仁过于亲昵的动作不习惯，总躲躲闪闪的。可是，经不住明仁的腻歪，最后，他渐渐习惯亲亲孙子的额头，挠孙子的痒痒了。

我上班的时候对老子说：“我把你孙子惯坏了，没有规矩，您帮我调教调教吧，该打就打。”老子冲我摆摆手说：“打不得，打不得。打儿子没人敢说什么，打孙子人家笑话，隔着代呢！”

哈哈哈，我走出家门，乐得肚子痛。

我知道老子唯一的爱好是打打牌，而且只有在打牌的时候才会放下紧绷着的脸。我经常怂恿明仁去找老子打牌。于是明仁屁颠颠地去找老子打牌。老子不想和孙子玩，但又不能不玩。和孙子玩牌后，才发现还有更大的麻烦：他不能赢孙子，赢了孙子，孙子哭，哭得一把鼻涕一把泪的。输也不行，输了孙子说他不当真和他玩，央求爷爷认真点玩。老子常常很是无奈，但我知道他心里冒着泡似的快乐着。

看着老子被孙子整治得服服帖帖，我心里乐开了花。

4

“开春了，再不回去种地，就赶不上节气了。”老妈对老子下逐客令。

“急什么急，晚几天也不怕，福还没享够呢。”老子一反常态，大胆地反驳老妈。我知道，老子有点不想走了，这段时间他和明仁已经形影不离了。

在临回家的前一天晚上，明仁主动要求和爷爷睡在一起。爷俩叽里呱啦，聊到很晚才睡。

我半夜起来，蹑手蹑脚到爷俩房间。借着窗外的月光，我看着明仁紧紧搂着老子的脖子，老子紧紧搂着明仁的小屁股。老子那满脸的皱纹，就像一朵盛开的菊花。

终究，老子恋恋不舍的回去了。

为了不让这根爱的连线，在时间里折断，只要有假期，我都会带着儿子回老家和老子团聚。

最美的是在家乡，夕阳西下，倦鸟归家。

当我和老子在田野里劳作完，踩着松软微凉的泥土，沿着田埂回家。老子一把抱起孙子明仁，举过头顶，稳稳地放在他脖子上的时候，我看见了老子内心的柔弱，我看见了老子的满脸笑容，我看见老子从心底荡漾着的快乐。

世上，并不是所有的爱，直接去爱就会有爱，如果你的爱曾经搁浅，曾经隐藏，曾经受伤，无法抵达，无法马上去爱，那么，就尝试找到另一种爱的方式吧：隔着爱，爱得更持久！

亲情是连接爱的纽带，愿这爱，一直延续！

愿我们来世不再相见

宋敏

爱，可以创造奇迹。被摧毁的爱，一旦重新修建好，就比原来更宏伟，更美，更顽强。

——英·莎士比亚

1

当那个头发早白的男人给我写了无数书信后，我仍不曾在偶然寥寥数语的回信中加上一个称呼，更不会在末尾署上什么“亲爱的女儿”之类肉麻的话。

我很少见他。一年两次或一次，都是母亲领着去的。一百多公里的路程，常常使我度秒如年。颠簸崎岖的山路，还未过一半，我便呕吐得天昏地暗了。

母亲一手提着给他准备的大包小包，一手拥揽着我，不停地说快到了，快到了。我吵嚷着下车，要回去。因为自觉得腹部已空，怕是将亡了。

起初母亲会哄着我，骗着我，甚至哽声咽气地央求司机大叔靠边停车给我透透气。后来，再不会那样，动不动几个冰凉宽实的巴掌迎面拍来，使我涕泪交加。

对于很多同龄人而言，他们最喜寒假。因为那代表着有几场扎扎实实的雪仗可打，几张脆生生的压岁钱可拿，甚至，还有几套花哨的新衣可穿。

我非但一无所有，还不得不跋山涉水，受胃肠翻江倒海之苦，前去探望一个居于狱中的老男人。

他快出来时，母亲总会略带哭腔地叮嘱我：“记得叫他声爸爸，知道吗？”我极不愿做这样违心的事儿。首先，自己确然不明他到底是何许人也，再者，经历了八百磨难，只为见面前这个让我一无所有的男人，如何叫得出口？

母亲硬逼着，使眼色，再不行就暗自垂一条手臂下来，旁人看似关切地护抱着我，实质是一种潜在的威胁。如果该叫的时候我没叫，她便会在后背上重重地掐一把，疼得我龇牙咧嘴，热泪盈眶地叫了几声“爸爸”。

不过说来也怪，每次我叫出这两个字的时候，那刚强的男人总是会在一瞬间恍然落泪。我欣喜极了，仿佛这句话是刀子，是枪炮，把他刺伤的同时，心里也得到了少许补偿。

旁人不知道我有一个坐牢的父亲，我也不曾提及此事。只是有一次召开家长会，全班同学个个双亲陪护，我却仅有母亲在旁，主持会议的老师客气地询问父亲不来的原由。母亲眼神茫然而又躲闪地说：“他在外地，一时半会儿赶不过来。”

之后归家，母亲哭了整整了一夜。于是，我越发恨极了那个头发早白的不知因何故触犯了法律的老男人。

2

出狱那天，幸好我在学校。因而母亲没有逼迫我上车同她一道。回家时，那男人已经安然就坐于饭桌旁了。

我漠然地从他面前端过母亲盛满的饭，理直气壮地说：“这个屋子，一直都是我拿第一碗饭的，你凭什么抢？”

后来，生平第一次被男人打了。他一边狠狠地抽动鞭子，一边老泪纵横地说：“养不教，父之过，养不教，父之过……”

我学会了旁人所说的礼貌。至少，我再不敢哄抢第一碗饭，再不敢于饭桌上撒野，再不敢用手抓菜。他令我先给母亲盛饭，再给他盛饭。完毕，还得恭恭敬敬地朝母亲谢恩：“感谢您为我做好饭菜，妈妈。”

每次说这些话的时候，母亲总在一旁喃喃地道：“不用说了，不用说了，都是一家人，何故这样陌生？”

她越是这样说，这样怜惜着我，我越是觉得无限委屈，要把胸中所有的怨恨都一并在他面前喊出来。因此，叫得更大声了。

半夜，母亲前来替我上药，叮嘱万事遵从着他，说他曾是个退伍军人，正义感与纪律感极强。我抚着母亲的手，恨恨地央求道："妈，你快把我送出去吧，我不想呆在这个家里受罪了。他要真是我爸的话，何故现在才来管教于我？早些年干什么去了？真有纪律感，凭什么坐牢犯法？"

抱着母亲过早粗糙的大手，我哭得没了气力。恍惚中，有人穿过厅堂，径直把我抱上了床，掖了被角，缓缓离去。我知道是他，那浓烈的烟草气息，宽厚的胸膛。顿时，不悦中又存有了些许说不清道不明的情愫。

清早第二节课，班主任急急奔入教室，说我母亲打来电话，令我火速回家。

门前，一滩墨红的的鲜血在暖风中恣意漫延。我踉跄着夺门而入，心随眼前之景沉沉平静下来。

凌乱的屋内，母亲正焦急地给他的额头上药，鲜血汩汩地流过他那张坚毅古铜的脸，凝结，断裂成块，松散地悬贴在脸上。母亲一面包扎，一面号啕大哭："走，女儿回来了，咱们一块儿上医院去吧！"

他回头看了看我，仍旧一脸冰霜。我于心不忍地问道："疼吗？"他笑笑，干瘪的嘴唇轻轻向上扬起，勉强至极。

晚饭时，他安躺在沙发上，我将饭端盛给他，悄悄地凑到母亲耳旁："妈，他怎么会弄成这样？"

母亲顿了一会儿，细声说道："你那屋子不是漏雨吗？他今儿早上听说后，硬是要上去看看，说拾拣拾拣瓦片，这样就不会再漏，你也用不着一下雨就朝客厅沙发上跑了。谁知，下来的时候踩折了梯子......"

我大口扒完了饭菜，独自转身进了卧室。刚抬头目及到大片被雨水污蚀的天花板，眼泪就簌簌地掉了下来。

3

没过几年，我考上了大学。填取志愿那天，家里爆发了小小的内战。母亲说我从小受她娇纵，未曾吃过什么苦头，要是去外省的话，一来怕饮食不惯，二来又怕遭人欺负。

他冷着脸，一拍桌子哼哼地说："多大的闺女呢？还小，是吧？你能搂她惯她一辈子？趁年轻，多去外面吃点苦头，别等我们死的时候才恍然彻悟，跑到坟头哭怨当初没给她磨练的机会。"

冲他这句话，原本欲留本省陪同母亲的我赌气填下了三所省外高校的代码。

最后，我被录取在享有"冰都"之誉的哈尔滨。为此，母亲哭了整整一夜，说怕寒惧冷的我以后有得苦受了。他悠然地摁着遥控，把烟头抽得啪啪乱响，厉声呵住了母亲："她是去读书，不是上战场！你哭什么哭？真疼她爱她的话，跟她一块儿去得了，给她洗衣做饭收拾屋子，当个现成保姆！"

我冷冷地笑，轻拍着母亲的大腿说："妈，你别担心，学校都装有暖气管道呢，在那儿，至少比在咱们家暖和！"说完，朝他所在的位置狠狠白了一眼。

我倔强执拗着要一个人走，不要任何人送，母亲急了，摇着他的臂膀，希望他发话劝劝我。殊不知，他耸眉轻佻地道："真有本事的，独自上路不算，得自个儿挣钱养自个儿。不是成年了吗？独立了吗？那就去飞啊！我倒要看看能闯出多大的世界！"

母亲暗自抹泪，再不言语。

临行前，将我送到车站，千叮咛万嘱咐，叫我缺钱少衣就往家里打电话，她和男人会惦念着我。

一入校，我便申请了助学贷款及勤工俭学的名额，将家中汇来的学费如数奉还回去。母亲刚接到款单便打来了电话："你怎么能和你爸怄气呢？他也是为你好啊！再者，他那人是刀子嘴豆腐心，你又不是不知道。"

我婉言谢绝了母亲,并告诉她,我会用自己的能力来维持生计并念完大学。她在那头哽咽地道:"我看你们两个冤家要斗到什么时候!"

4

自从念完大学,拿到毕业证的当天,第一件事便是打电话回家公布我的恋情。我告诉母亲,我和一个山东男孩恋爱了,他为人不错,心地善良,又挺上进,在危难时帮助过我,想征询她的意见。母亲说了句这个得问问你爸,他做主。接着,刺耳的声音便从这头的听筒里冒了出来:"不管黑猫白毛,先带到家里让我见了再说!要是地痞流氓,首先我就给他几个耳刮子!"

我把手机开了扩音,男友在一旁听得直冒冷汗,原本充满无限幻想的他,顿时怯生生地问:"真要去你家?"

无可厚非,我把男友带回了家中。声如洪钟的男人一脸严肃,把他吓得面色惨白,一动不动。平日无比活泼的大男孩,今日成了一只受惊的麋鹿。

厨房内,我向母亲抱怨:"这多少也是客人,他怎么能以这样的态度对待别人?哦,难不成这就是军人的待客之道?"

当夜,男人像审讯犯人一般将他与我恋爱的经过盘问得详细彻底。最后,叹出一句:"女大不中留啊!"

后来,我与他结婚了。为了躲开男人,我在外面买了房子,迁了出去。男人起初不来,说我长大了,嫌他与母亲不中用了。

后来有了女儿,他倒天天奔过来了。整日带着她四处乱逛,游手好闲,甚至俯下身来给女儿当木马。我不敢多言,丈夫也是,只能任由着他。

女儿爱极了他,远远就能听出是他的脚步声,饭也不吃地奔往楼道给他开门。我跟丈夫嘀咕着:"怎么就不见他哪次专程来探望我呢?"

年夜,男人打来电话,催促我们快些过去,母亲已将一切预备完毕。一路上,我一直想,该如何询问母亲,解除那个在心头萦绕多年的困惑。

饭后,女儿吵嚷着要烟花,男人二话不说,起身拉开大衣将她藏于怀中,顶着风雪消逝在茫茫夜色中了。

我鼓足了勇气问母亲："妈，他当年为何要坐牢啊？"

母亲含泪说道："你三岁那年的大年夜，吵嚷着要烟花，他不顾我的劝阻，硬要披衣抱你出去买。你知道的，那些年不比现在，治安不大好。没出去多远便在拐角处碰上了劫匪，人家见他怀里鼓囊着，以为是什么财宝。你知道的，你爹那臭脾气，非但不躲，还和别人打了起来，结果，那人拿出刀子朝他怀里捅了一刀，结果没捅到你爹，倒把你的手给弄伤了，你爹见嗷嗷大哭的你一身鲜血，顿时怒气冲冠，夺过刀子……唉，算命的就说，你属虎，你爹也属虎，容不得在一块儿……看来，真是这么回事，活了一辈子，斗了一辈子……"

还未听完，我便捏着电筒去找男人了，一路上，泪水洒湿了我的衣裳。温热的心在寒风中剧烈跳动着："爸，愿来世我们再不相见，你无忧无争地好好地过上一辈子。"

那些在年岁里因为矛盾亦或者重伤而落满心底的层层伤疤，总会在爱的滋润里消失殆尽。愿各自安好，不负韶华。

你比我多爱了整整三十年

李兴海

就是在我们母亲的膝上，我们就获得了我们的最高尚、最真诚和最远大的理想，但是里面很少有金钱。

——马克·吐温

1

很早之前，我就想写一写，关于我和老女人的恩怨情仇史。

我和老女人相安无事地共处了十七年后，终于爆发了第一场轰轰烈烈的战役。她举着瘦长的木棍，一面臭骂我是短命鬼，一面在小区里锲而不舍地追着我跑了不知多少圈。最后，她累坏了，停下臃肿的身躯，坐在小区的花园里吭哧吭哧地喘气。

我站在不远处与她对视，关切着她的一举一动。我语重心长地说，妈，已经不是你那个时代了，现在的高中生，谁没谈过恋爱？人家书上都写了，十八岁之前没有谈过恋爱的人生是不完整的。我今年已经十七岁了，你不想你儿子的人生不完整吧？

她举着瘦长的木棍，眼睛里似乎要喷出火来，放你老子的屁！全世界的人都能早恋，就你不能早恋！你也不看看你是什么家底，人家是什么家底，我辛辛苦苦一个人把你拉扯到现在，起早贪黑地工作，为的是什么？为的是我自己吗？你这个没良心的东西！呜呜……

老女人声泪俱下，立刻引来了许多邻居的同情。最后，是小区里的两个壮汉见义勇为，不论青红皂白地把我拖回了家。可想而知，我那天的下场如何。

一个 17 岁，身高 174cm，梳着分头的少年，在三楼的某一间屋子里，被一个 43 岁，身高 162cm，头发蓬乱的妇女打得哭天抢地。想想，那场面真够丢人。

为了不让类似这样的事件再次发生，老女人逼迫着我签下了一个所谓《母子合约》的东西。为了能让我睹物反思，老女人决定将条约贴在我的床头。我如同受了奇耻大辱一般，暗自发誓，一定要将这张东西理直气壮地摘下来。

条约的最后一条明文写着，凭真本事考入班级前十，便可以摘下此条约。我痛定思痛，为了我的初恋，为了我的前程，为了我的自由，为了我的自尊，我一定从此发愤图强。

这是我辉煌的一生中所签订下的第一个不平等条约。

高三第一次期末考，我得了十一名。当天，我一个人站在寒冷的足球场上，悲呼，天妒英才啊！既生她，何生我?!

正当我觉得此生渺茫时，老女人忽然将条例上的班级前十改成了国家重本。于是，我又忽然觉得有了希望，很是拼命地刻苦了一段时日。

邮递员敲门送来大学录取通知书时，老女人正在厨房里叽叽喳喳地炒菜。她打开录取通知书，看着看着，哇地一声哭了起来，把身旁的我吓了个半死，以为她怎么了。

那天，日历上赫然写着 1998 年 8 月 3 日。这是一个绝对具有个人历史意义的重大节日。它代表着一个悲苦的少年，终于可以摆脱封建等级的魔掌，正式奔入自由平等的成年大潮。

2

临行前，老女人说了很多话。我第一次发现，她是那么羸弱不堪，需要一个依靠。于是，我半开玩笑地说，妈，要不你重新找一个吧，我爸也死了那么多年了，我心里已经再没有任何隔阂了。

我以为，老女人会被我的知事明理以及宽宏大量感动得稀里哗啦。殊不料，这样的主张，却招来了她的臭骂。最好闭上你的嘴巴，你懂什么？老娘是那种朝三暮四的人吗？我这辈子只跟一个男人，他活着也好，死了也罢，只有你爸这一个！

这次，轮到我被感动得一塌糊涂。半夜里爬起了好几次，硬是想要为她的爱情写一本惊天动地的传记。但自我折磨了整整一夜，除了她说的那句话之外，再没能写出什么东西。

于是，我开始埋怨老女人，为何不把我生得有才能些，这样，我便可以以此杜撰出一部感人肺腑的爱情小说，并一举成名，成为当红的超人气作家。

老女人并没有追着火车跑。这种浪漫至极的事情，她兴许一辈子都干不出来。她仅是安静细致地，将我的衣服和裤子逐一叠进行囊。一遍又一遍地问我，这个也带上吧？这个路上用得着呢！

最后，是我厌烦了，摆着手说，行了行了，不用你弄的，你的话比你做的事情还多，再者，我是去念书，又不是搬家，带那么多东西干嘛？逃荒啊？

老女人不说话了，静静地站在一旁看我收拾。上车前，我终于鼓足勇气对老女人说了一句极为矫情的话，妈，你要好好保重，我会回来看你的！

瞬间，那种在电视剧里面泛滥成灾的镜头，立刻于现实中重演。车站上排满了密密麻麻的人群，时间不允许我多说一句话。就这样，我和老女人，硬生生地汹涌的人流隔开了。她努力地探出头来，朝我挥手，示意一路顺风。

我看着在人群中逐渐渺小的她，终于簌簌地落起泪来。老女人多胆小啊，每天夜里有什么动静，她都是叫我起来查看。现在我走了，她该怎么办？

老女人不会给我留下任何担心的机会。刚到的第一天，她便在电话里洋洋自得地说，我新买了防盗警报器，这科技就是先进，只要有人图谋不轨，警报马上就会在楼道里嘟嘟地响起来。

我勒紧裤腰带，买了一个劣质小灵通。目的，只是为了能让老女人可以在

第一时间里找到我。我没有告诉她，这是我节衣缩食买来的电话。要不然，她又得在那头大惊小怪地问长问短。我不想再让老女人为我担心。

3

老女人并没有告诉我关于她下岗的消息。年后回家，忽然听闻邻居提起，才知实情。老女人不再是铁饭碗一族。她去了复烤厂当合同工，没日没夜地整理那些呛人刺鼻的烟叶。偶尔，还得扛重逾百斤的大烟筒。

我跟老女人说，别干了，我能养活自己，却遭来她的臭骂，学生不好好读书，想干什么？学人家创业，还是学人家勤工俭学？这些老娘都不需要，你给我好好地，专心致志地念书就是了，别搞那些拣了芝麻丢了西瓜的事情。你想赚钱，以后有的是机会！

无疑，我和老女人又爆发了一次轰轰烈烈的战役。结局一如往常，她在动情的嚎啕中取了全面胜利。老女人趁机，和我签订了第二个不平等条约。

我没告诉老女人我在校外找了一份家教的兼职。每次想起那大包大包的烟筒，我就寝食难安。老女人这些年虽然吃了不少苦，受了不少委屈，但至少没像现在这般受累。

在充满欢声的宿舍里，每每看到有收废纸的妇人背着大包战利品艰难地下楼，我就会想起老女人。她的模样，大抵也是如此狼狈吧？

我把老女人按时打给我的钱，一月一月地转到另外一张秘密的存折上。看着存折上日渐庞大的数目，我开始构想老女人的幸福未来。

可好景不长，离家不到半年，我便接到了一个十万火急的电话。邻居说，快回来看看你妈吧，她得了急性阑尾炎，要不是昨晚我起夜听到叫声，都不知她会怎样。

我从那个秘密的存折上兑出了一把花花绿绿的钞票，坐上当日南下的班机。老女人对于我的忽然到访，显得有些不悦。她问，学校放假了？我说没。她便接着问，学校没放假你来做什么？

老女人瘦了许多，病怏怏地躺在惨白的床单上，看得让人热泪横流。手术不难，只是需要几千块钱，以及术后的专人照料。

我背着老女人交了手术费。她躺在床上一遍又一遍地问护士，吃点药不行吗？我不想动手术，我还得去上班呢。护士笑笑，身体才是革命的本钱，先养好病再说吧。

老女人进手术室那天，紧紧地握着我的手，如何也不松开。她忐忑地问，进去了还能不能出来？我是不是有其他的病？我笑了，拍拍她的手说，别怕，你的命可长着呢，你还得等着我毕业，赚大把的钱让你数，看我结婚，生孩子，领你去游遍名山大川……

老女人又哭了，她总是这么多愁善感，听不得半点甜言蜜语。

4

毕业后，我不顾女友的劝阻，毅然回了南方小镇。我不想再听到邻居十万火急的电话，也再不能忍受良心的谴责，为了自己的前程而把孤独的老女人抛到一边。

老女人整天唠叨，出去吧，出去机会多些，大城市更容易发展。年轻人，老呆在穷地方做什么？

后来，我禁不住她的狂轰滥炸，只好道明实情。我说，我是怕你一个人在家里，什么时候窒息了都没人管！老女人大笑，眼里依稀有泪，我会窒息？你好好看看你娘这身体，哪儿不是肌肉？如果不是人家限制年龄的话，我早就去参选健美小姐了。

我没有告诉老女人，那次医院检查的真实结果。她患的不仅仅是急性阑尾炎，还有一大堆常见的病症。譬如长期饮食不规律引起的十二指肠胃溃疡，食盐过多引起的高血压，肥胖过度引起的脂肪肝，常年身居潮湿工作环境引起的关节风湿。

她不再是当年可以追着我绕几十圈小区的彪悍母亲了，她现在需要一个人，陪着她，听她唠叨，在危难时将她抱上肩头。

结婚那天，老女人笑了整整一晚。她挨个敬了很多酒，前言不搭后语。送

她回去时，我听见她呜咽着说，要是你爸能活到今天，那该多好！

老女人55岁那年，我在宽敞的厅堂里教两岁的女儿说我爱奶奶。女儿很听话，摇晃着步子走到老女人跟前，仰着头叫，奶奶我爱你，奶奶我爱你。老女人乐了，逗她说，我也爱你。

女儿忽然捣蛋，奶奶，你爱我几年了？我爱你可有整整两年了！老女人将她抱在怀里，嬉笑着说，我爱你已经有三年了，从你妈妈怀上你的时候，我就已经在爱你了！

听着老女人这句向众人打趣的话，我有种后知后觉的悔憾。如果此刻我才确定我爱老女人的话，那么，她的爱就比我早了整整三十年。

因为，在我还未出世之前，她便已经开始了这份永无休止的爱。

是啊，有些爱总是后知后觉。你爱我多一点，或者我爱你多一点，这些都已经不重要，重要的是，从某一刻起，我们一起用爱交流，赐予剩余生命以福祉！

不见天日的疼爱

郑沈倩

孝有三：大尊尊亲，其次弗辱，其下能养。

——《礼记》

中学之时，我有一个性格极为怪癖的同桌。

他很少与我说话。而新朋旧友多得数不过来的我也不去主动理会他。就这样，我与他虽同桌整整一年，却未曾实实在在地说过几次话。

在我印象中，他是一个颇为狡猾的小子。每次放学前三分钟他都必然会起来打报告，一脸尴尬地跟任课老师说急于上厕所。当然，这样的要求是不可能遭到反驳的。

他一次次成功地逃出教室，如风一般掠过花园小道，在一片惊羡中消失得无影无踪。

谁都知道，这三分钟的时间，比放学后的十五分钟还宝贵。他可以成功避开拥挤，第一个骑上自行车，绕出车水马龙，坐上一台网吧里最好的电脑。

可奇怪，在我看来，他好像从来没有为这三分钟开心过。他越是这样，我就越发觉得他虚伪。

我们每天跟着冗长的队伍蠕动出校门，顶着阴雨或烈阳，艰难地在车海与人流中穿梭。一边咒骂，一边抱怨。几乎每一个人都会和我一样，不自觉地想起他来，嬉笑之中又充满了鄙夷。

大概是我把玩的都玩遍了，才会黔驴技穷地想到要把娱乐快车的方向朝他调去。

次日，离课后铃仅差三分钟的时候，他照旧地挺身站起，在一片哗然中尴尬地说："老师，我想上厕所。"

他以为，这出戏还能像从前一样成为他的护身符，帮他赢得那宝贵的三分钟，以便全然脱离跟随人海拥挤的苦恼。

“站住！下课后再去！”正当他欲跨步飞奔时，任课老师面色铁青地坐在讲台上，厉声呵道。

“老师我真急！”怔怔地站了几秒后，他红着脸再次央求道。五十六张嘴巴的哄笑险些把教学楼顶掀倒。显然，他早意识到自己这句话将造成的后果。可是，他太心急了。

“只有两分多钟了，你急什么？”看来任课老师真发火了，眼睛瞪得跟铜铃一般大小。

他依旧一动不动地站在那儿，像是有些不甘心。我拐了拐他的大腿，道：“你先坐下，有什么事儿课后再说嘛！要是为了这两分钟坏了老师兴致，以后有你受的！”

最后那两分钟，我被他搅得心神不宁。或许他这一辈子都不可能知道，上办公室给最后一节任课老师打报告，谎称有同学会提前请假去网吧包机的人，便是我。

他一言不发地紧攥钢笔，把书本划得“嘶嘶”脆响，眼里迸射出仇恨的火焰。短短两分钟的时间，他看了不下十次手表。每看一次，就回头窥视一下远远的校门口。仿佛，那里才是他现在该身处的地方。

铃声刚鸣，他便如新燕一般抢在众人之前夺门而去了。嘈杂的课桌碰撞声中依稀传来几声咒骂：“赶着去死啊！”

我跟在他身后，好奇地想要追寻到他的网游“根据地”。要是真被我找到了，那么，我就有了他的把柄，往后跑腿的活儿便有人使唤了。

人头攒动的校门口，他踮起了脚尖，奋力搜索。嘿嘿，看不出来，这小子早有团伙。

片刻后，他像发现了新大陆似的，焦急地拨开人群，朝一个静站不动的中年男人走去。那中年男人我曾与几个伙伴见过，经常与一群相仿年纪的人在离校不远的街道上倚凳而坐，脚下立个纸牌。具体上面写些什么，我未曾关注过。

“爸，咱们走吧！今天老师拖了下堂。”他挽着那中年男人，远远地脱离人群，朝对面的斑马线缓缓步去。

我满腹狐疑。直到午后骑车上学时，再看到那群中年男人，再看到那些纸牌，才恍然大悟。

“正宗盲人按摩，15元/次。”一列灰暗的纸牌上，大都如此写道。

那群紧闭双眼的男人，坐在风尘滚滚的马路旁，等待着疲倦之人前来就坐。

他的父亲，根本无法看到学校何时放学。只能用耳朵去听，那嘈杂之声的远近，那铃声响过的次数。

他兴许可以出来得更早一些。不过那样，他的父亲可能会知道，他在早退。

180秒，是跑完这段行程的最佳时间。它能让一位心怀大爱的儿子，在铃声响毕之后，从容地掩住因狂奔而造成的喘息，并力挽不见天日的父亲早早脱离危险而拥挤的人群。

多年之后，同学聚会。午后狂欢归来，在燥热的柏油路上，一位少女挽着自己的盲人父亲迎面横过街道。旁人无动于衷，独他一人双眼含泪，立在路旁急急令众人让道。

所有人都不明白，他为何如此。可我却知道，有些爱，即便从不被天光衬射入眼，也照样完整地疯长在人世间。

每个人，可能在人生的某一个节点，都有一个关于爱的秘密。像是流年里肆意疯长的水草。不想与人分享的原因大概是，这份爱的财富，只属于自己。

爱是一生的回味

程刚

平日若无真义气，临事休说生死交。

——施耐庵

埃托拉牧羊的时候捡到一只受伤的白眼獭，白眼獭惊恐万分，可根本无力逃脱，只能对着埃托拉嗷嗷叫……

猎犬围上去要征服这只白眼獭，可被埃托拉勒令退了回去。他小心翼翼地靠近白眼獭，并将它轻轻抱起。白眼獭要挣扎，尖利的爪子划到了埃托拉，手背立即出现了一条血印，可他没有放弃，紧紧把它抱在怀里带到自己的窝棚里，喂它水，并拿来胡萝卜放在它的嘴边，然后静静地坐在一边看着它。埃托拉突然喜欢上了这个可爱的小动物，大大的眼睛，白色的眼边，全身黄色的毛……

埃托拉无微不至地照顾着白眼獭。一个星期后，白眼獭好了，渐渐对埃托拉产生了依赖，每天埃托拉牧羊回来，它都会在窝棚里大声叫，然后欢快地在它身边来回跑，它已经把埃托拉当成了亲人。

一天，埃托拉正在农场主家清点羊群，白眼獭跑过来，围在埃托拉身边不停地跑着，农场主夫人看见了，上前就要抱它，可白眼獭只认埃托拉，见农场主夫人上来，呲牙咧嘴地向着她叫起来，埃托拉赶紧抱起它离开了这里。

农场主夫人缠着埃托拉，要他把白眼獭送给她。埃托拉很难过，这个极通人性的家伙对他像亲人一样，如今要送人，真是舍不得。可如果不给，他不久便会失去工作，没了工作，连胡萝卜都买不起。给了也好，给它更好的生活，埃托拉打定主意，第二天便把白眼獭送给了农场主夫人。

那天牧羊回来，埃托拉很想念这个小家伙，想提出看一看白眼獭，却被农场主夫人拒绝了，她嫌埃托拉身上脏，拒绝他进到屋里。埃托拉只能沮丧地离开了……

窝棚外传来熟悉的叫声，是白眼獭，埃托拉赶紧起身拉开栅栏，白眼獭冲起来扑到他身上，眼泪流了下来。就在这时，农场主夫人带着几个人点着火把来寻找白眼獭，他立即放了它，让它快跑。可白眼獭趴在那里一动不动，它认为这里才是最安全的地方。农场主夫人进到窝棚里，一眼就看了白眼獭，上前准备抱它，可白眼獭火了，一口将农场主夫人的手咬出鲜血，她吓晕了，几个人赶忙把她抬回家……

埃托拉知道白眼獭闯祸了，焦急万分，他准备去农场主家道歉。为了保住白眼獭，他想提出为农场主家放一年羊不要报酬。可他刚到门口，就听见农场主夫人大声嚎叫，农场主不停地安慰着她，对她说："这个狗东西，不想活了，夫人，它的皮毛可是上等的，如果用来做披肩那肯定美丽无比。""杀了它……"农场主夫人大声地说。

埃托拉吓坏了，一口气跑回家，连夜带着白眼獭进了深山，为了防止它回来，特意把它的眼睛蒙上，然后快速出山。

第二天天刚亮，农场主带着仆人来到埃托拉家，逼他交出白眼獭。埃托拉对农场主说，它昨天晚上跑了，不知哪去了。农场主气急败坏，当即解雇了埃托拉，并要求埃托拉明天赔偿夫人的医药费。

埃托拉根本拿不出一分钱，当然逃不过农场主的暴打，从此，埃托拉再也没站起来……

一个月过去了，农场主突然想起羊鞭还在埃托拉那里，他立即命人去取，并对仆人说："埃托拉估计早就饿死了，除了维塔老太太去看看他，没人关心他……现在应该是一堆白骨了，你看他家还有什么都拿过来。"

仆人回来了。急急忙忙报告说埃托拉还活着。农场主很吃惊，埃托拉被打得奄奄一息，怎么现在还能活着呢？他想亲自去看个究竟。他悄悄地摸进埃托拉家，突然有了巨大发现。原来，白眼獭正在他的身边，他的身边放着许多野果和坚果，这个家伙还会照顾人，肯定是它天天给埃托拉送果子，埃托拉才保住了命。他惊喜万分，终于可以给夫人报仇了，可它一激动，碰倒了旁边的木桩，被埃托拉发觉，他只好悻悻地回了家。

第二天，他带着所有仆人，并带上网子，发誓要把白眼獭抓到。可不想，就在这时远方出现了火光，那不是埃托拉的家吗？他们快步往那里跑，可到了那里，埃拉托的窝棚早已烧光了，只剩一具烧焦的尸体。远处有白眼獭痛苦的叫声。此后几天，白眼獭痛苦的叫声一直持续着，无比凄凉……再后来，白眼獭隔上几天，便会来到这片废墟前……直到有一天，它也死在了这里。

维塔大婶对别人说："埃托拉死前对她说，他死了，白眼獭就不会来了，就不会被农场主杀了做披肩了。"可埃托拉怎么会想到，白眼獭竟然一直守着他，直到有一天，它也倒在了这里……

我们都是生在江湖的生物，仅凭一腔热血和义气，便成了对方一辈子的守护。在我看来，义气，是很珍贵的东西！

三十六封信

柏俊龙

有时候,谎言很美丽,她的名字叫"善意的谎言"。

——米露西桑娜

他是山里唯一的邮递员。那条通往城市的小路,他一走便是整整二十年。二十年的风霜雨雪,坎坷苦难,都不曾让他更改回山的脚步。

他是第一个走出山里的孩子。山外的世界,让人望而却步,但又心生向往。每次回来,他都要和山里的孩子们说上一段动人的故事。他说,城市的楼房有云层那么高,那些人整天没事儿就在高楼顶上看云彩。城市的车流和松树上的蚂蚁一样,密密麻麻地躺了一地,在雨夜里一打开灯光,顿时整个城市就会从黑夜转为白昼。

其实,这些景状他都不曾见过。没人知道,他取信件的地址其实根本不在城市,仅仅只是附近的一个小镇。小镇上别说高楼和车水马龙,就连那些轰鸣的列车,都不曾在这里驻足,停下匆匆的脚步。

他读过两年书。于是,再虚幻的事物经他口里说出来,总是那么有血有肉,活灵活现。孩子们听得痴了,都不去弹玻璃球了,都不去爬山了,托着腮帮,直愣愣地看着他唾沫横飞地说话。

每次都是同一个声音打断了他的谈话:"是送信的小王来了吗?快进屋来跟我念念。"这句话一出,孩子们顿时就会像泄了气的皮球一样,瘫倒在地。他们似乎知道,这句话就和评书的先生们的那句"预知后事如何,且听下回分解"一样,意在宣布故事即将结束。

他一面抗起背包，一面亮着嗓门喊着："大娘，别急，我就来了，就来了，有你的信件呐！"

屋里，是一位双眼失明的老太太。明晃晃的太阳照在她的身上，但她却丝毫感受不到光明。她摸索着要给他拿张凳子，却总是被他制止住了。他说："大娘，别了，给你念信还是得庄重一些好，咱得学学城里的先生。"这话一说完，大娘就笑了："不瞒你说，我儿子就在城里教书呢！"

她的孩子真在城里教书。不过，那是千里之外的大城市，不是他口中所说的小镇。他见过她的孩子，斯斯文文，戴个眼镜，说话轻言慢语，很是礼貌。只是，这些都是三年前的记忆了。细细算来，她的孩子已有整整三年不曾踏入山里。

她念子心切，无奈双目失明，不能爬上那漫漫的山路，不然，她一定会挺直了脊梁，顺着大路去看看她的孩子。她总是静静地坐在门前晒太阳，听着门外的声音。只要是他来了，她总是第一个能听出来。

幸好她的孩子不曾将她忘记，总是每月按时给她寄来一封家书，还有一张崭新的百元大钞。她小心翼翼地摸索着撕开信件，将里面的百元大钞捏取出来，塞到衣服内里的布袋里，才急切将信件递给他。

他像个懂事的孩子一样，毕恭毕敬地接过信件，逐字逐句地念过去。她的孩子真是忙啊，每次写的内容和问候都是一样。不过，这些已经足够。从她战栗的身体就能看出，她正在被深深地感动着。

三年就这么悄然而去了。三年后，老人撒手人寰。有人说，她临死前还安静的坐在那张木凳上，懒懒地晒着太阳，似乎是在等待着什么。村里终于决定找寻她的孩子，将这个不幸的消息传达给他，让他来看看老人的遗体，磕几个响头。

村里的人真把整个小镇都找遍了，硬是找不到她孩子的踪影。最后，千辛万苦所得到的，竟是几年前，她的孩子已在车祸中丧生的消息。村里顿时轩然大波。她的后事该如何处理？

他们终于想到了那些信件。无可非议,那一定是她孩子的配偶所写的,他们有必要按照有效地址将她火速寻来。

他接到消息后,一面含着热泪,一面风尘仆仆地从外地赶了回来。他一语不发地站在旧日念信的位置,愣愣地看着那把陈旧的椅子。

村里人问他来信的地址,他不说,问他在什么地方取的信件,他也照旧不说。没办法,为了节省时间,村里人只好把老人的柜子给撬开了。暗沉沉的柜子底,平平整整地躺着三十六封没有地址的信件,还有三十六张崭新的百元大钞。

村里人疑惑了,没有邮寄地址,没有收件人地址,他是怎么送过来的呢?最后,他们不得不打开信件,追寻最后的线索。

散落一地的信封里,人们终于取出了三十六张同种模样的白纸。

一个善意的谎言,对于不需要的人来说,那就是一个简单的欺骗,可是对于需要的人来说,有可能就是活下去的信念和勇气。善意的谎言,也是满满的爱呢。

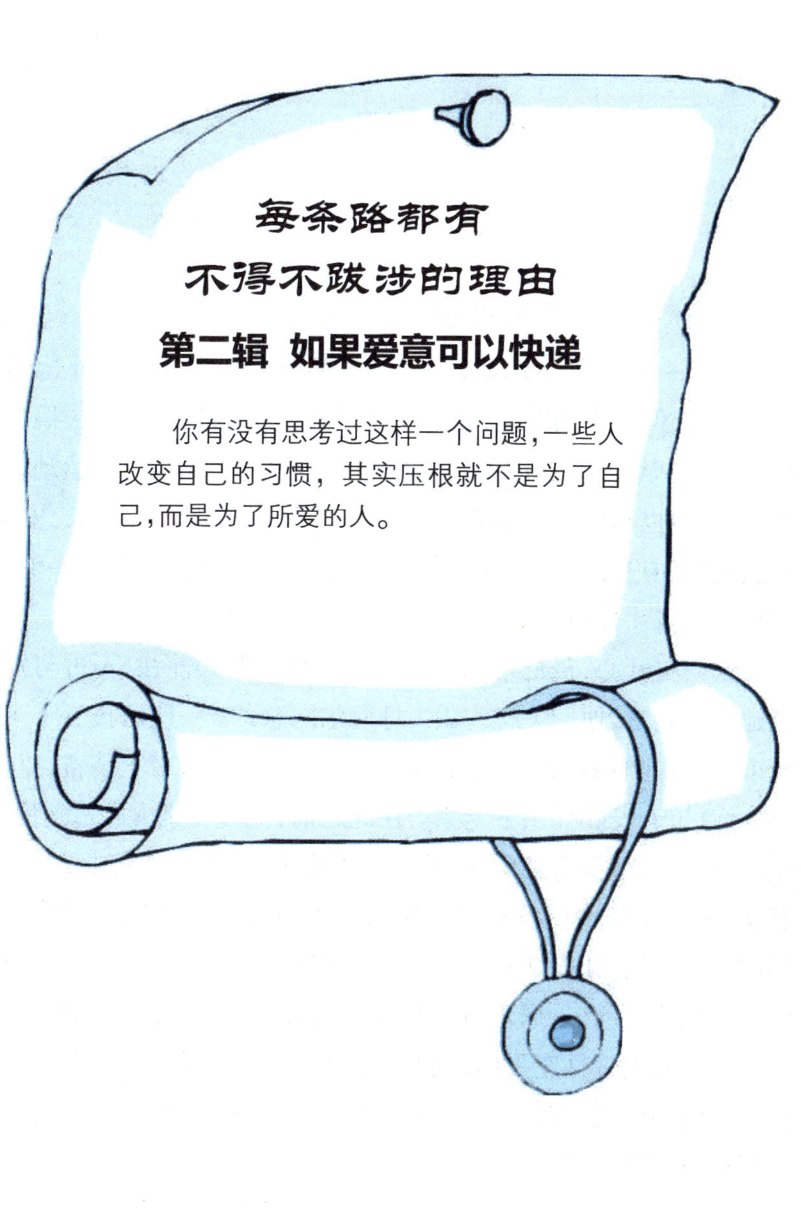

每条路都有不得不跋涉的理由

第二辑 如果爱意可以快递

你有没有思考过这样一个问题，一些人改变自己的习惯，其实压根就不是为了自己，而是为了所爱的人。

情敌与上帝

凤凰

爱就是充实了的生命，正如盛满了酒的酒杯。

——泰戈尔

丹尼尔是一位户外运动爱好者，每年都要参加十几次户外运动。有时，他与别人一起，但更多的时候，他是一个人去。他觉得，一个人去搞户外运动，更刺激。可是自从结识安娜后，丹尼尔却再也没有参加过户外运动，因为他怕自己出意外，他也不想让安娜为他担心。可没想到的是，有一天，安娜却让丹尼尔带她去参加户外运动。丹尼尔见安娜喜欢户外运动，吃了一惊，他想，安娜难道是为了我才爱户外运动？

为了玩得更开心，丹尼尔和安娜决定就他们两人前往，不再与别人组团。安娜说她最喜欢雪，他们去爬雪山。丹尼尔同意了。一座海拔五千米的雪山，位于城市东部，他们驱车前往。在山脚，丹尼尔停好车，带上装备，以及足够的食物，然后就拉着安娜往山上走去。在此之前，他就与别人爬过这座山。他知道这座山很危险，就没有到山顶，这次有了安娜，更不可能爬上去。

其实，丹尼尔根本就没有信心爬这座雪山，但安娜愿意，他只好陪着她，他所做的一切，只想让安娜开心。只要安娜开心，他愿意做一切，包括付出自己的生命。在此之前，丹尼尔虽然喜欢刺激，但他特别在乎生命，他总是知难而退，所以，别人上过这座雪山，他却在快要到达山顶的时候放弃了。可是现在，他觉得，他的生命是属于安娜的。原来，爱一个人，自己就不再重要了，自己的一切都属于对方了。

丹尼尔带着安娜，走着那些熟悉的道路，可是在心里，他还是暗暗担心，

怕出意外。倒是从没爬过雪山的安娜，根本无所畏惧，一路上说说笑笑。见安娜如此开心，丹尼尔根本没法开口劝她下山，他想，自己把所有的痛苦都承担起来吧。虽然上山的道路丹尼尔走过好几次，但是这一次，他却无比小心，他不允许自己有任何闪失。他可以不担心自己，但却不能不担心安娜。这一次，他比哪一次都更在乎生命。

第二天，天上飘起了雪花，安娜无比开心，她觉得这更加刺激了。丹尼尔却建议下山，说下雪了，很危险。可是此时的安娜哪里肯听劝说，相反，她还挣脱了丹尼尔的手，勇敢地走在了前面，甚至说要是丹尼尔不肯陪她上山，那他就下山去吧，她一个人也要上山。见安娜如此固执，丹尼尔只好叹息，跟在了安娜身后。雪越下越大，风越刮越猛，上山的道路，越来越难走。此时，丹尼尔的心揪得紧紧的。

意外终于发生了，安娜突然一个趔趄，眼看就要摔倒，丹尼尔赶紧上前扶她。刚把安娜扶稳，丹尼尔自己却跌倒了，他不但受了伤，而且更糟糕的是，他身上的包滚落了，一直向山下滚去。安娜见此惊得张大了嘴巴。丹尼尔却说自己没事，可是他努力了好几次，却没能爬起来。安娜要上前扶他，他连忙摇了摇头，他发现，自己的腿已经断了。现在，他们又没法与山下取得联系，他们只能坐着等待有人上山。

可是，这样的雪天，又有谁会上山呢？即使是最爱寻求刺激的人，也不可能在这种天气上山。坐着，只能等来死神。下山吧，可丹尼尔不行。他急出了眼泪，转过身，悄悄擦掉，他看到安娜盯着他，已经流下了泪水。终于，安娜对他说道："丹尼尔，对不起！这都怪我，都怪我！"丹尼尔笑了笑，说道："其实，这不怪你！我陪你上山，并没有安好心，我是想让你死在这山上，因为我已经爱上了蒂芬妮！"

安娜听了大吃一惊，她明白了：丹尼尔真的是想让她死在这山上，他爬过这座山，知道危险，却不阻止她爬山，反而陪她上山，不就是想让她死在这山上吗？到时候，他还可以把罪责脱得一干二净。这时，丹尼尔又说："其实，刚才我并不是想真心扶你。我扶你的时候，打算把你推倒，让你滚下山去，可惜啊可惜，人算不如天算，最后，倒霉的人却是我自己！"安娜又是大吃一惊：好阴险的丹尼尔!

安娜看了一眼丹尼尔,说道:“你就在这里等死吧!”然后,她独自下山去了。上山难,下山更难。一路上,安娜都想着报仇,丹尼尔罪有应得,那么蒂芬妮呢,安娜当然不会放过:她可是自己的情敌!一想到情敌,安娜就振奋。下山后,安娜找到蒂芬妮,把丹尼尔的噩耗告诉了她。安娜想,这个打击,对于蒂芬妮,绝对够大。看着幸灾乐祸的安娜,蒂芬妮却拿出一封信来,对她说道:“你好好看看吧!”

安娜接过信,那是丹尼尔的笔迹:亲爱的安娜,当你看到这封信的时候,说明你已经安全了。户外运动,固然刺激,但也万分惊险。有了你,我不想再寻求刺激了,可你却爱上了户外运动。我担心出意外,于是把这封信交给了蒂芬妮,让她充当一回你的情敌。我想当我遇到危险,你舍不得抛弃我的时候,或者当你遇到危险的时候,有了情敌,你才会独自迎向未来……还没看完信,安娜就用双手捂住了脸……

人们经常犯的错误是,把别人的爱当成是报复的时机来临。直到后来,才发现自己一直处在被爱的光环里。

要对有些爱不以为然

何东

爱情使人心的憧憬升华到至善之境。

——但丁

与他相遇之时，她念高一。穿一袭洁白的连衣裙，扎着高高的马尾，怀抱两本书从宿舍出来，低头急急穿过篮球场。和其他同龄的女孩一样，羞涩，矜持，不敢抬头看那些男孩裸露着膀子，如雨的汗水。

忽然，一个模糊的物体从她的头顶略过，重重地砸到了几步之前的地板上，旋即弹起。这一幕，把瘦弱的她给吓坏了，直直地站在那儿。正当他不知所措，一个高大的男孩跃身抱住了它，汗水淋漓的脸上挂满歉意的微笑。

后来，她在篮球赛上通过朋友介绍认识了他。刚碰面，双方就哑然失笑了。"两耳不闻窗外事，一心只读圣贤书"的她显然不知，他便是学校传闻里的"篮球王子"。的确，他动作迅速，身手矫健，并且，长得颇为清秀，与她在书中读到的"白面书生"一般。

他向她初次表白的时候，硬把腼腆的她吓了一跳。尽管她对他并非心存厌恶，可年纪尚轻，她又如此看重学业，怎可能因此犯险？况且，她已早有心上人：那个大她三届，能写一手好文章的男孩。

她没想到，他对她的喜欢，整整保留

了三年。三年里，他读了无数的书，写了无数首诗。她刚欲对他答复，录取通知书就下来了，两人鬼使神差地被分隔两地。用火车来算，那该是十几个小时的距离。

每临节假，他总会异常节俭一段时日，省出路费，越十几个小时的山水去看她。这令她实为感动。

如此艰难地爱了两年后，他忽然有些疲惫了。因为身旁出现了一位东北女孩。讲好听的普通话，说很好的英文，体贴至极。后者，比起她一如既往的冷漠的确是胜了一筹。果然，他心动了。

当他们在校园里第一次牵手，就有人告诉了她。他不知道，他的学校里，有几个她的老同学也在其中。那夜，吵得不可开交。电话那头，她哭得让人心疼。尽管她知道，他们之间刚开始，并没有发生什么。可爱情这东西，谁能容忍它被残忍割裂，并与人分享？

他不知道，这两年的时光里，有多少男孩给她写过信，打过电话，可都被她一一拒绝了。原因很简单，她的心，已被那个能写一手好文章的男孩夺走，默默随他而去了。

他终于做出了选择，还是与初始的她在一起。他安慰道，这个事，在生命里迟早是要出现的，幸好它出现在了婚前，让我意识到了你的重要性，并懂得如何珍惜你。为他这话，她把所有的恨意全然放下，继续着心中那份小心翼翼的爱情。

可她无论怎么努力，终究还是无法释然。每当电视里一说“东北”这两个字，或者是其中一个地名，甚至一件小事，都会让她联想到自己的爱情，伤感不已。挣扎了许久之后，她提出了分手。电话那头，他愧疚得像个孩子一般，号啕大哭起来。

多年以后，他们各自有了各自的家庭。这段曾经磨难的爱情也已淡然平息，几近云散。她很爱自己的丈夫，而丈夫也全然知道，她之前深爱过两个男子。一生中，她完整地经历了三次爱情，可后者，却对之前的两次毫不在乎。她原本以为，这是丈夫的度量，宽容了她。可慢慢明白，这是他经营爱情的一种方式。如此睿智的他，用这种不动声色的忽视，换来了两个人的美满幸福，以及爱情。

一生中，我们不知要经历几次爱情。而真正能幸福的，往往只有一次。那么，我们就该学会用经营的理念来把握自己的幸福。在得到真爱的同时，还要学会对某些微存干扰的爱情不以为然。

我们要经历多少爱恨，才真正明白爱是什么。好好珍惜那些疯狂的时光。愿你到岁月最后，能够坦然的说：那些男孩教会我生活，那些女孩教会我爱！

原谅我不能再爱你

郭紫雯

世界上有一种最动听的声音，那便是母亲的呼唤

——但丁

第一天　晴

清晨，我整理好了所有行李，买了车票，直奔康定。

车至中途，手机闪出了一串陌生的号码。只是一秒，我就按下了挂机键。我不容许任何人打扰我的勃勃兴致。

接着，这串号码就这么闪闪烁烁地跳跃在我的手机里。第五次，我极不耐烦地按下了绿色的接听键。我尚且还没发火，听筒那边就传来了惹人哀怜的哭泣声。

此刻，对于我来说，她不过是个素未谋面的陌生女人。的确，我不认识她，甚至从来没有听过她的名字。

她恳求我回去，帮忙写一封信给你。她说，你最爱我写的文字。每次只要广播里朗诵我的文章，你都会兴奋不已。

你虽然是我众多读者中的一员，可是，多么遗憾，生在同城，我竟不认识你。

正当我犹豫是否该回去时，电话里忽然冒出了一个男人的声音，开花，回来吧，这也许是她生前最后一个愿望了。

我熟悉他的声音，他是市广播电台里的男主持，经常找我约稿。怪不得她会有我的电话。

中途下车，只为赶回去了却她的心愿。谁忍心拒绝一个将死之人的恳求？

下午三点十三分，我在医院的病床上见到了她的真容。病房里站满了当地的媒体工作者，窗前放着水果和鲜花。惨白的床单与嫣红花瓣形成了刺眼的对比，像这奄奄一息的短暂热闹。

她挣扎着想要起身迎接我，被我快步上前制止了。她形如枯槁，面色蜡黄，看一眼都使人心底发酸。

你是她唯一的儿子，也是我忠实的读者，今年十七岁。她现在只想借我的双手，写一封信给你。这是我此刻仅知的一些关于你和她的事情。

第二天　小雨

为了显出我的诚意，我特意去中学门口买了一沓彩色信纸。

她倚在窗前看雨，背朝房门，对我的到来毫无察觉。相比昨天，她的精神好了很多。

摊开信纸。她絮絮叨叨地开始回忆关于你的往事。我问她，这些要不要写下来，她郑重其事地说，要写，要写，不写你都会忘记的。

儿子，那年你不过七岁，尚且不明白爱情到底是什么东西。你爸卷走家里所剩的积蓄和另外一个女人远走高飞的时候，你正在大院里拨弄破旧的玩具小卡车。

我站在门口的洋槐树下哭喊，崽啊，你爸要走啦！你抬头看看我，继而又埋下去，捣鼓手里的小卡车。

我心如死灰，万念俱灭，山盟海誓的爱情，就这么眼睁睁地甩我而去了。我没办法，我只能把所有的悔恨和怒气全部撒向你。

皮鞭像大雨一样落在你的身上。你一面

哭，一面说，妈，你要是不喜欢我玩小卡车，那我以后再也不玩小卡车了，再也不玩小卡车了！

那一刻，我把你抱在怀里，哭得天昏地暗。我忘了你是我儿子，竟哽咽着告诉你，他不要我了，跟别的女人跑了。

你拍拍我的肩膀，凑在我耳边跟我说，妈妈，妈妈，别害怕，你还有我呢！我永远都不会不要你！

因为你这番话，我哭得更厉害了。

第三天　阴

为了以后的生活，第二年，我去复烤厂做了小工。因为上班时间太紧的缘故，我再也不能接你回家。

下午五点，我知道你放学了。儿子，对不起，我不能去接你。此刻，我正扛着一袋八十斤重的烟筒往车上跑。

一袋两毛钱。我算过，每天扛三十袋，只要十天，我就能给你买个新书包。

我没想到，你竟会独自一人从学校跑来看我。复烤厂的大门有保安，他们不让你进去。于是，你站在门口一直等。

晚上八点，我风尘仆仆地推着三轮车刚出来，就看到了路灯下的你。你知道么？我有多担心。从你们学校到复烤厂，足足五公里。那么多的车，那么多的人，那么多的不可预料的危险。你要是出什么事，我该怎么办？

我刚想对你发脾气，你就笑着朝我跑来了，还把双手神秘兮兮地背在身后，让我猜里面到底攥着什么。

累了一天，我哪有心情？我板着脸，径直往前走。你跑上来，拦住我的去路，并恭恭敬敬地把两枚大红苹果递给我。

妈，今天六一节，学校给每个小朋友都发了个大苹果。我不喜欢吃，所以给你吃！儿子，你是妈生的，妈还不了解你么？你最爱吃的就是苹果。以前你爸在的时候，你每次上街都吵着嚷着要大苹果。你不吃，是舍不得，妈知道。

我没哭，因为我在你的作文本上看到过，你说你最怕看见妈妈的眼泪。

六一节？不是只发一个么？那你怎么会有两个苹果？你偷人家的？我瞪大了眼睛看着你。

没有，没有，妈妈你误会了。坐我前排的小胖，他被老师罚扫教室，没人帮他，我就去帮他啦，结果，扫完之后，他就把他自己的那个苹果送给了我。妈妈你是知道的，碰上这种情况，不收不行，况且，你都两月没吃过水果了。

那两枚苹果，我至今都还放在抽屉里。

第四天　晴

不知不觉，我已在复烤厂干了整整两年。转眼，你就十岁了。

每天放学你会跑来这里默默等我。你和门口的保安早已混得很熟。为了不耽误学业，一到门口，你就会很自觉地摊开书本，坐在花坛上写家庭作业。

保安们被你感动了，说从来没有见过你那么懂事的孩子。于是，破例让你进门，并允许你去保安室的办公桌上写作业。

也是因为这样，你才会有机会看到我工作时的狼狈模样。

当我扛着八十斤重的烟筒踉踉跄跄地跑出仓库时，你恰巧从男厕所里出来。我没看到你，我只能弯着头，一袋一袋地数着背。有几次，腿软得差点跪下，但一想你正在门口笑眯眯地等我回家，又忽然有了力气。

我得早点搬完这三十袋出去见你，我不能让你等得太久。

一切都被你看到了。回家的路上，你执意要我坐在三轮车的车兜里，你说以后都是你载我。我笑了，儿子，你才十岁，你能载得动我么？

上坡的那条小路，你蹬了上去，又退了回来。我说，崽，坐着，让我来吧。你不肯，你说我累了一天了，不能再辛苦。

最后，你不蹬了，直接把车连我一起推上了大坡。儿子，看着你一路大汗淋漓却又无怨无悔地跑着，我心里真是有种说不出的难过。

你才十岁。这个年纪，你本该享受妈妈的溺爱和无忧无虑的童年，可我，却让你受了那么多苦。

后来,你听说拣饮料瓶可以赚钱,便恳求班里的同学把喝完的饮料瓶都给你。你攒了一段时间之后,卖了出去,赚了九块八毛钱。

那夜,你蹑手蹑脚地走进我的房门,并把那九块八毛钱悄悄装进了我的上衣口袋。儿子,你知道么?其实,我根本没睡着。

凌晨,我偷偷去看你,手里攥着你给我的那九块八毛钱。

桌上放着你昨晚写下的日记。我才看到其中一句,就掩面逃了出去。

你说,从今天起,你再也不会让妈妈受任何委屈。

第五天　晴

你上中学之后,家里的负担更重了。为了帮我减轻负担,你把课余的所有时间都用去拣塑料瓶,故此,成绩下降得特别厉害。

老师找我谈话,问我是否对你疏于管教。你说没有。老师接着问,要是没有,为什么你的成绩会下降得那么厉害。你说,你把时间都用去拣塑料瓶了。

我气坏了,几乎想都没想,就朝你脸上挥了一巴掌。说!为什么你有书不好好读,偏要去拣塑料瓶?

你哭了,捂着脸说,妈,我只是想给我买一件像样的新衣服。

儿子,我该对你说点什么好呢?是责骂你呢?还是好好抱抱你?你看,你都和我一样高了。

你一直没有告诉我,你经常腿疼得厉害。你知道家里没钱,所以每次感冒你都只吃廉价药,并且告诉我,老师说了,昂贵药里的抗生素多,对身体不好。

体育课上的突然昏厥,致使你再也隐瞒不了腿疼的实情。

检查报告出来那天,我蹲在医院的厕所里哭了整整一下午。儿子,我最最亲爱的好儿子,妈妈不能给你一段富足的生活也就算了,可为什么,妈妈连一个健康的身体都不能给你呢?

我真恨自己,甚至想过去死,可一想到孤苦伶仃的你,就马上打消了这个念头。不管贫穷还是富有，健康还是疾病，妈妈都应该不离不弃地陪着你。

医生说，白血病虽然存活的概率很低，但不是代表没有。

为了这十万分之一的希望，我决定把破旧的房子和叮当乱响的三轮车卖出去。

你不允许我这样做。你说无论如何，我都得好好活下去，如果把房子都卖了，那么，你走也会走得不安心。

病房里的很多人知道了你的故事。

接着，当地媒体找到了我们。

在热心市民的帮助下，我凑足了你的第一笔手术费。就在曙光微微朝我招手的时候，你狠心抛下了我。

你在最后的遗言里写道，妈妈，对不起，我不想再拖累你。我知道，我好不了，我不想再这么眼睁睁地看着你为我操劳。妈妈，手术费你留着吧，一定要好好活下去，因为，我会一直在天堂看着你！

虽然，你在生命的最后一刻，仍然挂着笑容，可我还是无法原谅自己。给了你生命，却又不能完完整整地好好爱你。

第六天　晴

天气很好，和我第一次见她一样。

这些天，她一直在断断续续的告诉我那些关于你的动人故事。

医生说，她的时间不多。

我捧着彩色信纸又去见她的时候，病房已经空无一物。

手术失败，回天乏术。其实，你走之后，她便已经心死。哀至如此，什么药物均属无用。

她把角膜捐给了另外一个孩子。那孩子和你同岁，今年十七。他有着乌黑的头发和修长的手指。

你母亲昨天还给我留了一些话，我现在补进信里，转投给你。希望你一切安好。

儿子，原谅我没有听你的话，原谅我不能再爱你。

如果有一天，你收到一封给你的信，要记得来天堂的门口接我。没有眼睛，妈妈找不到你所在的路。

爱子心无尽，归家喜及辰。寒衣针线密，家信墨痕新。见面怜清瘦，呼儿问苦辛。低徊愧人子，不敢叹风尘。

只能爱到这儿

罗静

忠诚的爱情充溢在我的心里，我无法估计自己享有的财富。

——莎士比亚

与他初逢之时，她恰巧十八。人生里所有绚烂的风景，都在那一秒里瞬间聚拢。如席慕容《一棵开花的树》中所希冀的一般，她在最美丽的时刻与他相遇了。

他幽默，大方，写一手好字。谈吐间，那幽雅的文人气质若兰悄绽。这些，无一不吸引着情窦初开的她。

相爱半年，他体贴倍至，每夜都将她送到宿舍楼前的食堂旁边。然后一边酷酷地双手插袋，一边微笑着看她走。起初，她会撒娇，哄骗，硬是要他把自己送到宿舍楼下。后来，她兴许是累了，更或者是习惯了这样的相送，再不去强求。

只是，她实在不明白，为何其他的男孩都可以将自己的心爱的女孩送到宿舍楼下，而他却不可以？再者，他不都已经快到宿舍楼下了吗？这么多的路都已经过来了，为何他不能为她再多走上几步？

她不去问，他也不肯说。这样独特而又让人不解的相送，好像成了他们之间最默契的交流方式。只要一到那儿站住，女孩就自然明白，她该一个人走剩下的路了。偶然，她会回头。每次回头都能看到他傻傻地站在那儿，保持分离时的姿势一动不动，像个木偶。她冲着男孩笑笑，转身飞也似地上楼了。

后来，她发现，他不仅仅是相送会留那么一段路，就连苦苦哀求他帮忙写个作文，他都会留下一个结尾等她完成。

她不明白，为何他给的爱就那么不彻底？她哭过，她闹过，可男孩却说，人生有很多事儿都是要自己亲历去完成的,我这是在帮你,也是我爱你的方式。

女孩不语,可她忽然知道,他不可能是这一生最坚实的依靠。因为,他给不了全部,他的爱,从始至终都是那么不彻底。

外语四级考试,她连报两次,都以失败告终。最后,她只能央求他在考试中给她发答案,却不料,被他一口否决了。原本以为这是最后的,也是最可靠的一根救命草,怎知,会是如此脆弱,经不住半点考验。

艰难的考试过后,她毅然与他分手。忍痛,另觅新爱。虽缺少了初始的心动,却多少有些安慰。后来的他,会安稳地把她送到宿舍楼下,帮她专心地做完作业,甚至,会大胆地在考中给她发正确答案。

她对后来的他无比依赖,以至于自己都时时怀疑,是否真爱过他。可尽管她如此想着,却也无法改变一个最终必将发生的事实——诀别。

之后,她奔入了四处找寻工作的大潮之中。几年后,稍有一席之地的她才逐渐明白,自己是有那么多不懂之处,事事力不从心。悔不当初。

在享受爱的欢愉时,她忘了如何去实现自己来世一遭的真正意义。她和许多尘俗女子一般,都不明白,真爱你的人,很多时候,只能到这儿。

溺爱不光发生在父母对孩子之间,也会发生在同龄人身上。如果我们遇见一个人,会把你宠上天,什么事都替你做的圆满,那就须得小心了,因为到后来,总要一个人面对生活,所以不要沉浸在溺爱里,要在独立中逐渐长大!

教父亲认字

宋敏

父爱同母爱一样的无私，他不求回报；父爱是一种默默无闻，寓于无形之中的一种感情，只有用心的人才能体会。

——琼瑶

当我决定教父亲认字的时候，他早已年过半百。他时刻担心自己会因记性不好，而无法领略我所教授的知识。我轻拍他的肩膀，像他当年哄我睡觉一般安慰他说："爸，您别担心，其实认字是很简单的，只是写会稍微困难一点儿。"

我把新买的儿童看图识字放在他的床头，一遍又一遍地教他朗读声母韵母。在这座贫瘠的小镇里，他整整生活了五十年。五十年的地方口音，已经让他无法分清平舌翘舌，前鼻音和后鼻音。

他每念错一次，就会沉郁片刻，细细思索，口中喃喃，慢慢自我纠正。而后，欢喜地跑来念给我听，问我是否正确。

我心里难受极了。对于将一生都付诸土地的父亲来说，晚年学习知识，无疑是一种痛苦的折磨。于是，有很多次，我板着脸告诉他，从此之后，再不让他认字了。我以为，他会因此而喜悦狂呼，如同厌学的孩子忽闻学校放假一般。

岂料，他竟因此郁郁寡欢，久食无味。母亲见他这般模样，只好又将我拉到屋中，再三嘱托。她说，父亲心里一直内疚着，这些天，几乎整夜失眠。他想，一定是自己过于笨拙，才会招致我放弃教他。

我眼中瞬间泛起一片汪洋。经过小院的时候，我把新买的字典递给了父亲，并向他说明了其间种种。我之所以不愿教他，不过是想让他少受些磨难罢了。

他听出我的良苦用心，便忽然释怀，忐忑地问我："今天还能上课吗？"我点点头。他一个纵身从凳子上腾跃起来，跑进屋内，将他的看图识字取了出来。

我再没打断过他的进程。我知道，我惟一能做的，就是以万分耐心来对待他的一切提问。

教他使用字典查询所要写出的字词时，他经常因分不清平舌翘舌而找错甚至找不到需要的字。有几次，他翻得绝望了，竟撇开工具条，一页一页地翻着过去，细细寻看，一看便是一两个时辰。

母亲担心他这样下去会把眼睛弄坏，又请求我想想解决的办法。于是，我又花了几天时间，把他常用的字词罗列开来，注上声母韵母，并且标明所在字典的页码。

他如获至宝一般，将那张写满蝇头小字的信笺纸平平整整地贴在门后，早中晚各温习一次。母亲时常笑话他，说他比大学教授们还要用功。

四月，假期完毕，我再度回到湖南。临别前，父亲要走了我的联系地址。当时，我并不明白他的真正用意。直到半月后，在湖南的信箱里收到一封笔迹拙劣的信件，才真正懂得他为何对学习如此百般刻苦。

信末，他写了一句玩笑式的结尾。这句原本该让我莞尔一笑的话，却让我失声痛哭起来。他说："儿子，这是爹这辈子写的第一封信，写得不错吧？请多多指教。"

他所有努力的原因，只是想亲手给我写一封简单的家书。

你有没有思考过这样一个问题，一些人改变自己的举动，其实压根就不是为了自己，而是为了所爱的人。

愿母自私

李兴海

全世界的母亲多么地相像！她们的心始终一样。

——惠特曼

我时常能读到这样的作文。年幼的学生们用稚嫩的笔记给我写着，他们的母亲是多么平凡而又伟大，因为她们吃足了人间疾苦。为了力求感人肺腑，他们不惜把自己的母亲写得万般悲惨。或许只有这样，他们才足以打动我这位铁石心肠的老师吧。孩子们的目的达到了。我时常被他们这些不知真假的故事糊弄得泪眼涟涟。一整个清晨，都沉浸在一种莫名的忧伤之中。

几年后，这些孩子都长大了，陆续上了大学。再翻阅他们之前给我写的作文时，我竟有了一种惶惑：为何所有的母亲都得这样悲苦？难道不悲苦的母亲就不是好母亲吗？

经常能在报纸杂志上看到类似的报道：某省某市的某位母亲，为自己的孩子，甘愿捐出肾脏，更或者，牺牲自己的性命，以保全孩子。某镇某村的某位母亲，为了能让自己的孩子步入学堂，接受知识，甘愿下洞挖煤，过着牛马一般的生活。

铺天盖地的新闻，纪实，让我们感动，让我们明白，并坚信，尘世中的每一位母亲都有着一块无私的角落，用以安放自己的孩子。我们为此哽咽，为此流泪，甚至觉得，这样的母亲是伟大的，也只有这样的母亲才足以堪称母亲。

我们要求这样的感动，要求这样的悲苦来填补我们日渐麻痹的心怀。我们需要有这么一些母亲站出来，作为代表，为我们诠释，母亲的伟大。

实际上，从过医的人，全然不用看这样的报道或是故事。他们明白一个女人要从妻子变成母亲,势必要经历尘世中最强烈的苦痛。

医学上,把人所能感受到的疼痛等级分为十级。蚊虫叮咬为一级,分娩生子为十级。

我们尚且不说,这疼痛的等级分得合理不合理。就简单举一个例子来说,譬如,一个男子,因癌细胞扩散至下体,不得不进行截肢手术。倘若,让他不施麻醉,毫无怨言地承受这整个手术过程所给他带来的苦痛,行吗?

我想,尘世中,没有几人能承受这样的苦痛。而类似这样的苦痛,每一位母亲,却真切地尝试过了。

单从这一点来说,就足以让我们感动了。

前些天,笔者母亲生日。有文朋问及,你送你母亲何物?我答曰:仅四个字,愿母自私。

我自觉,已没有任何能送母亲的礼物了。惟可让她高兴的,怕是我与弟弟的身体尚且安康吧。

未曾小学毕业的母亲不明我这几个字的深意。但我想,此时的读者是明白的。我只希望,全天下的母亲能自私一点,把从天性里赋予我们的爱护,收回一点儿,分配到自己身上。

我们没有理由去要求任何一位母亲再经受苦难。惟能督促她们,多爱自己一点儿。若真如此,那全天下的儿女,才算是行了真孝。

我们经常用自私去贬低一个人,殊不知,母亲一直很笨,笨的只知道奉献,笨的不知道为自己自私,哪怕一点点!

父亲的肩膀

告白

父亲！对上帝，我们无法找到一个比这更神圣的称呼了。

——华兹华斯

第一次骑在父亲肩头，我便想，自己何时才能长得像他一般伟岸刚强？

于是，在艰涩而又漫长的成长之路上，父亲成了我人生的标尺。每隔一段时间，我就要嚷嚷着走到他跟前："爸，别动，别动！你看，我很快就会和你一般高了！"

这样的岁月，终究如庭院中的春花一般，尽数落去。我不再与父亲比较，不再依赖他的肩膀，甚至，不再与他交谈。我们终于走成了中国式的父子关系，外表冷漠，内心热情。

对于我来说，他和母亲似乎就是两种不同的机构。他负责用戒尺和皮条惩戒我的一切冒失与错误，而母亲，则负责用热泪和怜爱庇护他所施予的所有罪罚。

记得很多年前的夏末，我徘徊在楼顶上看晒陈年的谷子。隔壁院中的桃树，像一双张开的大手，越过高高的围墙，倾斜在午后的楼顶上。饱满的果子坠在茂盛的绿叶间，像暗夜里刺眼的彩灯，让人目不暇接。

躲在茂盛的枝叶背后，内心出现了极大的挣扎。父亲平日的教诲与此刻躁动的情绪形成了两股巨大的波涛，使我茫然且不安。我不愿撇开心中的善念，却又不甘就此离去。那满树丰硕的蜜桃，像定格的底片，在翻滚的脑海中浮动。

我到底还是将柔弱的双手伸进了随风摇动的绿叶间。父亲在楼下的窗内目睹了整件事情的经过。当日，不但遭受了平生第一次最为严厉的毒打，还被父亲勒令兜着偷来的蜜桃上邻居家里道歉。

母亲从地里赶回时，父亲正扬着细长的皮鞭，预备将我就地正法。母亲夺过黝黑的皮鞭，将我抱在怀里。由此，我躲过了极为严酷的下半场劫难。

我记得父亲说过的话。他瞪大了眼睛指着母亲："慈母多败儿！"印象中，这件事情便是我与父亲情感的转折点。我在潜意识里忽然发现，这个留着八字胡的和蔼男人，原来有着如此可怕一面。

没过多久，我便因高烧不退躺在了床上。母亲整日守在床前，嘘寒问暖。我当时虽然不曾对母亲提起，但心中却无比坚定地认为，这次重病的根源，八成就是没有吃到蜜桃还挨了打。

父亲背着我往城里赶的时候，我已被病痛折磨得神志恍惚。母亲说我一路伏在父亲的肩上都在念叨着桃子，桃子。

从睡梦中醒来时，只见周围一片惨白。我心里依旧想念着那些饱满的蜜桃。父亲低声询问前来给我打针的护士："他能吃蜜桃吗？"护士说："冷的不能吃。如果实在想吃的话，得用冰糖炖热了才行。"

几个时辰后，父亲从窗外的路上赶来。他宽阔的肩膀上压着一只棕色网格的麻袋，袋中全是硕大的桃子。母亲到附近的饭店借了火，为我端来温热的冰糖炖蜜桃……

时至今日，我仍然记得当日父亲的肩膀，他让后来的我始终不敢逾越道德的雷池，去重犯童年的错误。对于叛逆的儿子来说，父亲的肩膀既是铁面的责罚，亦是牢固的爱与宽容。

有些爱是沉默的，就像那远处的静静矗立的高山。父亲就像这些高山！

别和母亲“失联”

汤小小

事其亲者，不择地而安之，孝之至也。

——庄子

我到了一个新城市，找了一份新工作，换了一个新号码，很稀松平常的一件事情，没有觉得有任何不妥。

上班后的第三天，深夜，手机忽然响起来。我睡得正香，索性直接按了关机。第二天一开机，发现有几十个未接来电，而且，号码也五花八门。一夜之间这么多未接电话，会是什么惊天动地的大事呢？

怀着好奇，我回拨了其中的一个。电话很快接通，一个沙哑的声音传进耳朵中：“你怎么不接电话？你要把人急死啊！你知道吗，妈都一天一夜没合眼了，火车票都买好了，准备去找你！”

是姐姐的声音，但是，干吗这么激动，日子平淡得跟水一样，怎么到了她那里，就成了惊涛骇浪？

见我没事儿人一样，姐姐一连声地指责：“你换了号码不知道给家里说一声啊，你刚到一个新地方，妈不放心，打你电话又打不通，还以为你出什么事儿了呢。”

我这才想起来，我换了号码的事儿，忘记给家里人说了，结果，母亲打电话打不通，越想心里越害怕，独自担心两天后，哭着找到姐姐，姐姐就满世界给我朋友打电话，要到我的新号码，也不管深更半夜了，一遍遍地给我打，怕我被绑架，一个号码频繁出现惹麻烦，便买了一大堆卡，不停地换着打。

虽然老妈和姐姐整得跟演连续剧似的，又搞笑又夸张，但母亲接过电话喊一声我的名字，然后就哽咽着说不出话来时，我的眼泪也哗一下流了出来。

记得我第一次出远门，在外闯荡一年，过年时回家，提前给母亲打了电话，然后，就心安理得地开始了长途跋涉。

火车一路很顺利，转汽车时，却不巧晚点，本来应该是下午两点到家，结果，一直到晚上六点，汽车才到达终点站。

下了车，一眼看见母亲就站在路边焦急地张望，冬天的风，把它的头发吹得凌乱不堪，一根根银丝翻卷，刺痛了我的眼。

我赶紧走过去，责怪她："这么冷的天，你站在这里干什么？在家等我就行了。"

母亲却一下子扑进我怀里，随即，双肩开始剧烈地抖动。我站在那里，有些不知所措，也有些莫名其妙，我就是回趟家，母亲至于这么激动吗？好像刚刚经历了生离死别似的。

我没有想到，在母亲心里，刚刚真的就品尝了生离死别般的伤痛。本来，孩子要回家，她是满怀欣喜的，可是，两点过后，她的心就开始一寸寸不安起来，电话一个接一个地拨，却一直提示无法接通，一个人在车上，晚点了还没到家，电话又打不通，会是什么状况呢？

那么多的交通事故，想想都让人胆战心惊。时间每过去一秒，母亲的心就往下沉一分，她终于再也坐不住，顶着寒风，跑到路边守候。

可是，母亲急成这样，我怎么没有听到电话声呢？我掏出手机，细看才发现，卡松动了，根本接收不到信号，难怪这一路上如此安静。

可是，想想我一路上睡得安稳，母亲却一直担着惊受着怕，在寒风里泪如雨下，我的眼圈就忍不住红了起来。

这样的事情，到底发生过多少次，我自己也数不过来了，反正自从离开家，这样的桥段就经常上演。以前一直觉得没什么大不了，可是看到母亲的眼泪，我才知道，在母亲眼里，这真的是一件很严重的事情。

每个儿女长大了，都会离开父母，去过自己的生活，可是，不论你走多远，母亲的牵挂从不会断线，她会时刻关注着你的一举一动，你过得好，她便心满意足，你稍有闪失，她便惊惶失措。我们无法阻止母亲的牵挂，唯一可以做的，就是时刻和她保持联系，任何时候，只要她想找你，一个电话，就能听到你的声音，这样，她才能踏踏实实地安度晚年。

不论多忙，不论处境多么艰难，都不要和母亲“失联”，即使只是短暂的几个小时，对于母亲来说，都是难以承受的生命之痛。

孩子大了就要展翅飞翔，飞向不知名的远方。可是，即使飞的再远也千万不要忘了有个人一直在殷切的期盼着，担心着你，那个人，就是母亲！

如果爱意可以快递

李瑞

父母者，人之本也。

——司马迁

像大多数青春期偏执、逆反的孩子，我总觉得父母思想落后、迂腐，和他们有着严重的代沟，要么对他们大吼大叫，要么干脆懒得搭理他们。

上初中的时候，周一至周六我都在全封闭式的寄宿制学校度过，周六傍晚一放假我就像脱了缰的野马狂奔回家。到家后不洗澡不吃饭直接跑到客厅打开老旧的黑白电视看动画片，对于父母的唠叨充耳不闻。一天，看动画片正起劲呢，我妈在边上和我说话，我爱理不理，突然她姿态放得很低，用很讨好的声音说："你看你的，你随便嗯几声应付我就好。"

由于收不到很多频道，我经常抱怨。我妈说这电视好好地，换新的多可惜。初一下学期，家里的黑白电视换成了彩色的并打算安装卫星电视接收器。问题来了，我想继续放客厅，老妈执意要放他们卧室，老爸在旁边不吭声，我问为什么，她一直支支吾吾说不出个所以然。争红了眼，我对老妈大吼大叫，老妈蹙着眉头看了我一眼，深深叹了一口气后向我缴械投降。回到学校后不久，我收到老爸发来的一条短信：女儿啊，你妈想把电视放在我们屋是希望你能多陪陪我们说说话……

高中的学校离家就 5 分钟的车程，不再寄宿。每天早上七点上早自习，由于选择了文科，我一般不到六点就起床背书，那时我一直郁闷一件事：无论我起的多早，老爸总是早我一步起床。晚自习回家一般都超过 11 点，有时候打扫卫生或者请教老师题目可能 12 点才回家，回到家我就开始喋喋不休地批斗老师，抱怨考试，稍一不顺心就大嗓门和父母顶嘴。吃完丰盛的夜宵我磨磨唧唧地去刷牙洗澡然后上网,美名其曰是查题目实则上网看小说、看视频。我不睡,老爸再困也不会睡。一天中午回家,没有看到站在家门口张望的老爸,心里一紧。老妈说老爸中午突然昏迷,现在在医院。老爸在床上躺了好几天都没醒。一天晚自习回家后,老妈激动地告诉我老爸傍晚醒了,醒来的时候他的嘴巴一直在动,老妈连忙把耳朵凑了过去:“你慢慢说,我听着呢。”老爸虚弱地说:“女儿回来没,你快去给她做饭。”我顿时泪如雨下。

高考够填报志愿,我选的省份全部离安徽省很远,一来小节日就不用频繁回家从而向那些说我不懂事的人证明我不会想家,二来可以自由自在做自己想做的事不被知晓,最终我要去离家千里之外的湖南上学。高考后的那个暑假因为思想不同和父母争吵了无数次,要出发去湖南上学的前一晚还顶了起来,我面红耳赤地对着我妈吼:“鬼才会想家!”我妈被我气得不轻:“你给我滚,有本事别回来了!”第二天早上,我没和我妈打招呼就离开了家。我知道我走的时候她是醒了的,或者说彻夜未眠。

我爸大包小包的把我送到的学校,他第二天下午4点多的车票回去,2点多我催他去车站,他不吭声,来回环视我们寝室,一会摸摸这一会摸摸那,我又催他,他低着头走到我床边坐下,轻声说:“要是你一直不长大,多好。”

大一上学期我几乎没打电话回去。傍晚看搞笑视频正嗨,我爸打电话过来:“女儿啊,怎么这么久不打个电话回家?你妈你一直念叨你呢,怕打扰你上课也没敢给你打。”没几天,上课的时候手机震动了,手机进了一条短信:“女儿啊,在干嘛?”想起暑假我妈非让我教她发短信,我不耐烦地数落她,小学都没毕业,这种高科技你们这些老古董怎么可能驾驭的了?嫌她手脚太笨潦草说了几句便没耐心教下去了。可怜我可以对陌生人耐心客气,对父母却刻薄苛刻。肆无忌惮的伤害最爱我们的人,这也是大多数年轻人常犯的错误吧。

寒假回到家,老妈把湿漉漉的手往围裙上使劲蹭了蹭就过来拉我的箱子,然后让我赶紧洗手吃饭,她拘谨就像在迎接是贵客,客气的让我不知所措。一桌子丰盛的菜,我却味同嚼蜡。凝望着还正在忙碌的老妈,我放下筷子,从背后轻轻地抱住了她。

在父母眼里,自己的子女都是心肝宝贝,不管他们用怎样的方式关心我们,都彰显了浓浓的爱意,尽管父母有时的观点和我们之间确实存在代沟,但不要反驳,因为倾听也是一种孝心。

如今,我在湖南,老爸老妈在安徽。总会在某些时刻羡慕那些时刻陪在父母身边的人,1000 公里的距离,如今成了我最深的羁绊。

老爸老妈,如果爱意可以快递,我愿穿越时空及时握住你们的手。

人总是要长大,要带着梦想和行囊远行,漂流的日子虽然无助,可是有了父母的陪伴,我们才没有中途放弃。

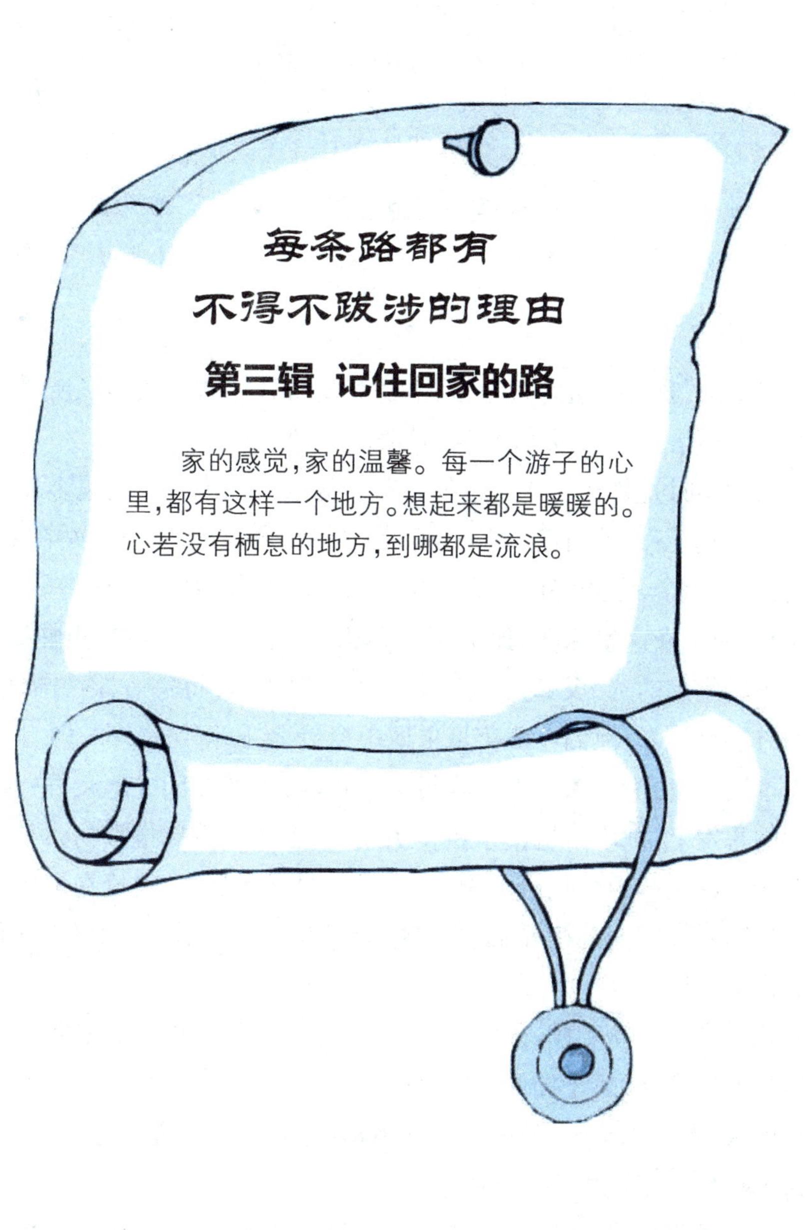

每条路都有不得不跋涉的理由

第三辑 记住回家的路

家的感觉，家的温馨。每一个游子的心里，都有这样一个地方。想起来都是暖暖的。心若没有栖息的地方，到哪都是流浪。

最温暖的归宿

邢占双

家，对每一个人，都是欢乐的泉源啊！再苦也是温暖的，连奴隶有了家，都不觉得他过分可怜了。

——三毛

一路漂泊，我的足迹踏过很多地方，我的身体休憩过很多场所，但感觉最温暖的地方还是家，尤其是大草房，让我魂牵梦萦。

我的童年时光是在那儿度过的。厚厚的苇草在阳光下闪耀金光，前墙是红砖的，木格子窗宽敞明亮。房前屋后都是挺拔翠绿的白杨树，站在院子里向南望去，一览无余，是碧绿的田地。房东有一口机井，鸡鸭鹅狗猪马牛羊都上这里喝水，燕子来这里啄泥，到屋檐下筑巢，整天飞来飞去的捉虫哺育儿女。

夏季的早晚时光，父亲母亲经常在小园中忙活，将每一棵秧苗伺候得水灵灵的，长势喜人。他们在蔬菜瓜果地中穿梭，忙碌得像蜜蜂一样。

冬季，父母很少闲着。母亲在炕上做棉衣，棉絮在阳光下飞舞，落在她乌黑美丽的秀发上，她不时地抬手捋捋头发，用手指比量比量衣物，一针一线的缝补。父亲站在地中央扎笤帚刷束，腰里系根绳，绳子一头拴在东屋门框上，一根一根秫秸经过他的摆弄，成为一把把好看的笤帚刷束。那些东西可没少为我家换来零用钱。

鸡蹲在窗台上晒太阳，不时地发出“咕咕”声，用嘴啄一下窗框。炕头鼾睡的小猫打着呼噜，睡醒了伸伸懒腰，舔舔爪子，洗洗脸。它曾经一度丢失，六七天没有回家，有一天晚上，外面有猫挠窗框的声音，母亲说，猫回来了。果真是它。这个小生灵还记得这个温暖的家。

每次从外面回来，我和妹妹如果不见母亲，问的第一句话都是“妈呢”？有母亲在，心里就感觉踏实。通情达理的母亲为我插上了寻梦的翅膀，十八岁我在外求学，六年往返于家和城市之间，每一次母亲都送我到村头，望着我的身影消失在乡间小路上，多少次离别让我不忍回望，我害怕母亲那泪眼汪汪难舍难离的眼神。在校时也曾写过几封装满思念的信，没想到每次母亲读给父亲，都会让我以为不懂感情的父亲呜呜哭出声来。

参加工作后离家较远，回家成了一种奢望。对一个游子来说，最幸福、最温暖的时刻就是千里迢迢踏进家门的那一刻。卸下旅途的劳累，放下工作的压力，斜倚在热炕头，喝喝父亲倒的热茶，听听母亲讲述的故事，看着父母二人屋里屋外忙活做饭的身影，我仿佛又回到了童年那幸福的时光里。心情放松了，紧张的情绪缓解了。

日月如梭，父母和房子渐渐老去。有父母在的家才能称其为家，父母安在，儿女的心灵就有了依靠，父母安好，家才有了灵光，家才是我们最温暖的归宿。

家的感觉，家的温馨。每一个游子的心里，都有这样一个地方。想起来都是暖暖的。心若没有栖息的地方，到哪都是流浪。

无论世上流韵多少种语言

纳兰泽芸

见面怜清瘦，呼儿问苦辛。低徊愧人子，不敢叹风尘

——蒋士铨

无论世上流韵多少种语言，我都叫你“宝贝”。你都叫我“妈妈”

——嘉恬，妈妈的小宝贝，今天，是你一周岁生日了。

这一天，妈妈没有去呼亲引朋地摆什么周岁宴，只是为你准备了一个蛋糕。

刚满周岁的你当然不会吹蜡烛，妈妈替你吹灭；刚满周岁的你当然不会许愿，妈妈闭上眼睛，默默许下一个愿：恬宝，一年前的今天，你与妈妈的身体分离，但从此，我们的心就永远在一起，你与你的芮姐姐，就成为妈妈生命里最珍贵的两个宝贝，你们是上天赐给妈妈最珍贵的礼物！

恬宝，你是否还记得，妈妈怀你在腹的二百七十多天里，我们娘儿俩分秒相伴一起经历的诸多往事？

那些欢乐、幸福、担忧、紧张的日子，铭记在妈妈的心里，成为妈妈生命里永久的回忆。

第一次超声检查，妈妈心里有点忐忑，那时的你只有一粒小葡萄籽大啊，你是否乖乖地在你的“小宫殿”里安家了呢？当医生阿姨确定你已经在妈妈宫殿里平稳“安家落户”时，妈妈轻轻地松了一口气。

第一次多普勒胎心监听，当你强劲的心跳声如擂鼓一般地响起时，妈妈的心里激动而又幸福；

第一次排畸大筛查，医生花了近半个小时，把妈妈肚里的你上上下下仔

仔细检查一遍，妈妈心情紧张地等待结果，当拿到“一切正常”的医学报告单时，妈妈心里安稳又踏实……

我们娘儿俩的相伴之路并非一路顺遂，我们也经历过彷徨和虚惊，不是吗？

怀你第四个月，妈妈在医院做了一项常规检查——唐氏筛查。当时妈妈对这个“唐氏筛查”并没有什么概念，只知道这是一种通过检测准妈妈血清中的某些物质，来计算腹中胎儿患先天性缺陷概率的检测方法。之所以没有什么概念，是因为以前怀你芮姐姐时，“唐氏筛查”这一关轻松就过了的。所以抽好血之后就没有任何思想负担地离开了医院。

没想到，过了一个多星期，妈妈突然接到医院的电话，说唐氏筛查结果为“高危”，高危值为 1/120。也就是说有 1/120 的可能性，妈妈腹中的你不是一个健康的宝宝！唐氏筛查的临界值一般是 1/275，大于这个临界值就属“高危”，小于则为“低危”。要排除高危嫌疑，只有进行羊水穿刺。然后培养羊水中胎儿脱落的上皮细胞，检验细胞的染色体，再确诊是否存在问题。羊水穿刺手术，是在不给妈妈打麻醉的情况下，将一根长针在超声波的严密监控下刺进腹中抽取一些羊水。这的确挺令人恐惧。但只要能确认妈妈腹中的你没事，这点恐惧不算什么。

抽取羊水后，要进行细胞培养再做染色体分析排查，这个过程要三周时间。这三周，是前所未有的难熬。

妈妈在心里无数遍祈祷腹中的你平安健康。妈妈对自己说，只要宝宝健康，就算不太聪明，不太漂亮，不太优秀，都不要紧。

三周之后，当妈妈拿到染色体分析报告时，妈妈闭上眼睛，把那张纸攥在手心。妈妈的心怦怦直跳，手微微发抖。妈妈深呼一口气，慢慢睁开眼睛，展开那张纸——“未见异常”几个字像火炬一样照亮了妈妈的眼睛，同时也照亮了妈妈的心！

直到十月怀胎期满，当你嘹亮地哭着，用力地蹬着小腿划拉着小胳膊被医生抱到妈妈眼前时，妈妈的泪水，潸潸而下。

那年你芮姐姐即将出生时，妈妈半夜羊水早破，紧急采取剖腹产手术才使她安然降生。妈妈经历过一次剖腹产手术，所以这次你出生，医生还是建议剖腹产会比较安全。

你出生之前，虽然妈妈给自己鼓励、打气，告诉自己为了你，妈妈一定要勇敢。可是当妈妈被推上灯光刺眼的手术台时，妈妈还是无法控制地颤抖起来。而且医生告诉妈妈，虽然打了麻醉，手术过程中可能还会比较痛，因为妈妈以前已经做过一次手术，伤口虽然已经愈合，但麻醉剂不能彻底作用于刀疤处的肌肉及皮肤组织，这次再次切开刀疤，会有比较明显的痛感。

果然，手术过程中，锋利的手术刀给妈妈带来的痛感让妈妈忍不住呼痛，医生鼓励妈妈：是会有些痛，再坚持一会儿，妈妈可没那么好当啊。

是啊，妈妈没那么好当啊！妈妈握紧了拳头，注视着手术台上苍白而刺目的无影灯灯光，告诉自己：为了宝宝平安降生，一定要坚强，一定要勇敢！

妈妈能清楚地感觉到医生在用力按压妈妈的腹部，然后把你从待了十个月的宫殿里面抱出来，紧接着就听到你“哇哇哇哇”响亮的婴啼。在手术中，就算很痛，妈妈也没有掉一滴泪。可是当妈妈听到你嘹亮的婴啼，妈妈的泪水，一如决堤的海，喷涌而出。

医生看妈妈在流泪，还跟妈妈开玩笑：“8 斤 2 两，不小啊！看你人，块头小小的，生的宝宝倒蛮大的。”

妈妈不好意思的破涕为笑了。

虽然，抚育你的这一年，妈妈受了不少辛苦，但看着你一天天健康地长大，机灵、漂亮、聪明、可爱。常常，你纯净如雪的笑容，会让妈妈看痴了。

妈妈搂你在怀中，吻你胖嘟嘟的小脚、小手、小脸，吻你的眼、你的额、你的发……

妈妈是怀了怎样感激的心情啊。妈妈像一个只乞求一小颗糖果的孩子，未料命运却慷慨地给了妈妈满满一整罐香甜蜂蜜。

妈妈怎能不知，如果只有嘉芮姐姐一个宝宝，妈妈会轻松很多很多。现在芮姐姐已经上小学了，懂事了，只需学习上多费些心思就可以了。而你的到来，会占据妈妈太多太多的精力与时间，会耽误妈妈做很多很多事情，也会让妈妈不得不放弃许多原本可以做的事情。

而且，在上海这个快节奏，高消费的都市，你的到来，也无疑会在经济上增加不小的开支与负担……

这些，妈妈都考虑过。可是，妈妈还是决定迎接你的到来。妈妈愿意在生命的长河中，有两个亲爱的宝宝陪伴妈妈一起度过。

付出固然是辛苦的，然而，妈妈相信，妈妈收获的是两个宝宝对妈妈诚挚的爱。

妈妈想着，要不了多少年，你与芮姐姐都会长得超过了妈妈的个头，那时候，你们俩一左一右牵着妈妈的手，我们幸福地走在一起。

妈妈相信，到那时，妈妈一定依然年轻，依然美丽……

妈妈相信，到那时，无论世上流韵多少种语言，妈妈都依然叫你“宝贝”，你都依然叫妈妈“妈妈”。

因为，妈妈，会是你们永恒的妈妈：

妈妈眼睛一眨不眨，仔细地盯着你，

你朦胧的心本能地律动，

你的小手小脚只好一阵乱舞，

急切地,忍不住大声啼哭。
经过多少日日夜夜的抚育,
你终于坐直了小小的身躯。
直到那一天,你绝不愿再等待,
从胸中喷薄而出那一声,
生命中最珍贵的第一声——妈妈!
无论世上流韵多少种语言,
这是最感人的原始蕴蓄。
无论世上流韵多少种语言,
只有这一声呼喊如此相同……

一声称呼,一声问候,一次撒娇,一次拥抱。都是在用爱去联络彼此,喊一声妈妈,这是世上最动听的语言。

记住回家的路

幸运小嵇

拥抱着亲人的时候，多希望时间就停止。

——许巍《家》

家，是一个人心灵的港湾。无论在外面受到了什么委屈，我们都能在这方空间中得以疗伤。回家的路，永远充满着温馨与憧憬。只要记住这条路，人生就有了归依，心灵也就多了一份依靠。

每年春节，春运蔚为壮观的场面深深震撼着国人。短短一个月内，数亿人次集中流动，几乎将整个欧洲的人口挪动了一遍。售票窗口前排起了长龙，人们通宵守候在这里，眼神里充满着期盼，只为得到那张将自己带回家乡的纸片。为了回家，有人想尽了一切办法；为了回家，有人熬红了双眼、消瘦了身体；为了回家，有人在拥挤的车厢内苦苦站立了十几个小时。不过，在回家旅途中所受的一切苦难和折磨，都被见到家人的喜悦所冲淡。

春运一票难求的场面，在一年年的春节时期不断上演，因为家的感召，人们风尘仆仆地赶在回家的路上。无论是谁，回家都是一个亲切而又温暖的词语。记得在小时候，有时会在外面受到欺负。于是就期盼着回家的时刻，想象着回家的路程。父母慈祥关切的眼神，冲淡我内心的无助。回家的路，永远是那么平坦而美丽，擦拭着我心中的伤口。父母是最好的倾听者，他们不厌其烦地听着我无休止、语无伦次的讲述。

工作后，回家时的心情依然是愉悦的。家就像一块巨大的磁石，让我自愿地放下手头似乎忙不完的工作。生命不息、工作不止，工作从终极意义上来说只是谋生的一种手段，而和家人相处、与他们分享幸福美好的生活才是努力工作的目的。我似乎听到了妻子关切的问候，似乎看到了女儿无邪的笑容，似乎闻到了餐桌上可口的饭菜。回家的路,其实还是蛮艰难的,长时间的等待、拥挤的车厢,一次次考验着我的体力与耐心。但收到家里传来的那些美好讯息,任何的抱怨都烟消云散。终于回到家中,一切的美好又一次上演,好像在酬谢我一天在外面辛苦的打拼。

家,不仅是一个有形的空间,更是一个包含着丰富内涵的概念。每个人的灵魂与心灵,都需要一个抽象层面的"家"。平时的生活里,我们就像一个个在外拼搏的"游子"渐渐迷失真实的自我。这时,我们的心灵疲惫了,需要做一些休整,于是心灵之家召唤我们回去。在这条回家的路上,我们慢慢拭去心灵上的灰尘,对自我进行一个重构。回家的方式与途径是多种多样的,既可以是和智者的直接对话,也可以借助书籍等媒介摩擦出智慧的火光。一杯清茶、一曲轻音乐、一颗闲适的心,我们这就开启回家之旅。这趟旅程不会很拥挤,因为它只属于我们自己。到家的那一刻,我们感到一种无比的惬意,因为那里是我们的根,可以让我们体悟到人生的终极意义。虽然回家会放慢我们在俗世中前进的脚步,但是需要按下这个人生的暂停键,让心灵有一个喘息。只要记住回家的道路,人生就不会孤单、不会迷茫。

喜欢《回家》这首萨克斯名曲,它的层次感清晰分明,音质柔和不显刺耳,却极富穿透力。它那清纯悠扬的清音效果和抒情的高音,给我以无限美好的遐想与向往。每当欣赏这首乐曲时,我就会想起回家的路,想起家中那一切的美好。

"唯有门前镜湖水,春风不改旧时波。"尽管家的位置会发生改变,但是家的概念却永远会扎根在心中,就如同诗中所说不改旧时波的"镜湖水"。记住回家路的人是幸福的,因为他拥有一把开启幸福的钥匙。即使回家的路是那样坎坷,他依然在这条道路上不断前行。

家的感觉,家的温馨。这血浓于水的亲情,总是给我们以温柔相待。2015羊年春晚的前几日里,央视《让思念先回家+春运说吧》,每每看到快要回家的游子在那方小亭子里几度哽咽的时候,不知有多少人同样以泪水作陪。这就是家,一个无论走多远都要回去的地方。

人生的空白

一路开花

慈父之爱子,非为报也。

——淮南子

叔父是位音乐教师。因此,我从六岁起便跟随他苦习钢琴。大抵是与艺术日夜交往的缘故,几年后的我竟会无由地多愁起来。整夜飘飞的思绪里,都是一些难以自行明了的问题。例如,总是想不起三岁之前的旧事。于是,我就会竭力地探索,为何我会想不起三岁之前的事呢?越是如此,越是想不起来,心里就越发地恐慌。仿佛,本是完整无瑕的人生中,就要有三年的记忆与痕迹陡然消逝了。这茫茫的空白,干扰着我,时时心生疑虑。

他们不明白,一个九岁的孩子为何会恍然心情抑郁?偶然,会问及父亲,我三岁之前都做过些什么,有哪些让他难以忘怀的趣事。他笑笑,总说,每个人的前三岁实际都差不多,不是摸爬,就是摔跤。我开始觉得,父亲的话有一定道理,因为我看其他的孩子也大都这样。可渐渐地,我发现了,他们除了摸爬与摔跤之外,还是有很多事情可干的。

我的问题开始如流水一般朝父亲涌泻而去。他微笑着听我说话,不发一言。我胸中充满懊恼,觉得他并非真的爱我。要不,为何我那时的记忆他都不曾有过半点?此时想想,在那个尖锐的时刻,身为农民,又木讷寡言的他,其实真不知道该说点什么,才能让我这个善感的孩子瞬间得以平息。

沉闷了几日后,父亲忽然到叔父家中找到了正在习琴的我。他拉住我的手,示意叔父回避一下。

我停稳双手,怔怔地坐着。在我印象中,他一向是平和近人的,今日却显得有些鲁莽。停顿了一会,父亲指着钢琴问我:“你喜欢钢琴吗?那么,喜欢白键多一点还是黑键多一点？”

看着风尘仆仆的父亲，我失声大笑。他不知道，白键和黑键都是钢琴上必不可缺的部分。别说是偏爱哪种键，这键盘之上，就是少了一个都不行。

父亲见状，接着问：“你能告诉我，黑键与黑键之间的是什么吗？”我不假思索地回答他：“白键！”整日与钢琴为伴，它的基本位置，我早了然于胸。

“正如你刚才所说，黑键之间是白键，是一指的距离，是几厘米的空白。可我知道，这些空白缺一不可。或许你也清楚，正是多了这些空白，钢琴才得以完整，并能成为‘乐器之王’。”

看着眼前一脸祥和的父亲，我忽然有些不知所措。他接着道：“人生不也如此吗？偶然的空白，偶然的错过，才能使其充满鲜艳的色彩......”

后来的话，我全然未听进去。因为在一旁肆意落泪的我，实在难以明白，憨厚而又不善言语的他，要耗却多少时光才能组织出如此精妙具有哲理性的话，又要冥思多久，才能借我熟悉之物，传达出人生的某些意义，解我心中疑惑。

钢琴上的距离，白键完成填补。而人生里的空白，却只能有父亲的爱，才能将其丰富。

偶然的空白，偶然的错过，偶然的遗憾，都是生命里不可或缺的音符，就像不是每一个人都是完美，每一结局都圆满。

用奔跑来忘记悲伤

林玉椿

希望是本无所谓有，无所谓无的。这正如地上的路，其实地上本没有路，走的人多了，也便成了路

——鲁迅

《茶花女》是小仲马根据亲身经历所写的一部力作。这部作品一经出版，就在全国引起了很大轰动，小仲马也因此一举成名。随后，小仲马又将小说改编成剧本，把故事推上了舞台。这个真切感人的故事的悲情上演，令剧场爆满，万人空巷。

面对出乎意料的巨大成功，让小仲马的内心十分复杂，既充满了激动，又感到无限悲伤，激动的是自己的作品打动了读者和观众的心弦，悲伤的是自己永远失去了心爱的女人——《茶花女》女主角玛格丽特的原型玛丽·杜普莱西。

全国还在热销着他的小说，剧场还在热演着他的剧本，小仲马却沉浸在无尽的悲伤中无法走出来，以致他根本没有心思再继续写其他作品。

这天，小仲马的父亲大仲马来了。他看到儿子正在泪流满面地独自饮酒。大仲马惊讶地说："我亲爱的孩子，全国上下都在观看、热议着你的作品，你现在的名气已经不亚于你的父亲了。我觉得你应该感到兴奋才对呀，为什么却在这里默默流泪呢？"小仲马摇了摇头，忧郁地说："不，我的这一切成功都是来源于玛丽·杜普莱西。可是，她却永远离开了我，我也永远找不回和她在一起的快乐时光了。如果她还活着，能目睹我的作品和我的成功，那该多好！"

大仲马听了，沉默了片刻，拍了拍小仲马的肩膀，说："孩子，我们出去走走吧。"

父子俩走出了家门。大仲马带着小仲马来到了一条小河旁,然后对儿子说:“瞧,多么清澈的河流呀!”

小仲马面无表情地点了点头。

大仲马突然卷起裤管,在地上捡了一根树枝,走进河里,拿着树枝往小河里乱搅一通,不一会儿,小河的水就变得浑浊起来。

小仲马吃惊地望着父亲,大声问道:“父亲,你这是在干什么?”

大仲马哈哈大笑,走上岸来,对儿子说:“你瞧,河水被弄脏了!可是,你要知道,河水很快就会恢复刚才的清澈。有时下暴雨,这里整条河流都会变得浑浊,但过不了几天,河水又会重新变得清澈。因为河流总在不停地向前奔跑,总在不断地追求自己的梦想,所以它不会让浑浊的心情停留太久。”

小仲马听了,恍然大悟,他用力点了点头,说:“父亲,我明白了。放心,我会振作起来的!我也要用奔跑来忘记悲伤,用追求来取代消沉。”

大仲马双手紧紧扶住儿子的肩膀,说:“儿子,我相信你一定可以做到!我期待着你的新作品。”

于是,小仲马把全部心思放在了写作上。《半上流社会》、《金钱问题》、《私生子》等作品陆续出版并受到了好评。

每个人都会遭遇人生的坎坷,每个人都会有埋藏在心底的悲伤,但是请记住,千万不要让自己一直沉浸在伤痛中,更不要因此而颓废,因此而放弃自己。失去的东西不可能再回来,眼泪也换不回时光的倒流。让自己重新振作起来吧,用奔跑的脚步,朝着梦想不断前进,让自己在追求中忘记悲伤,用新的收获来充实自己、丰富人生。

当年聚美优品总裁陈欧年轻的脸庞出现在电视屏幕上说出,哪怕遍体鳞伤也要活得漂亮的时候,我想,感动的不止是他自己。没有人能够轻易摘取胜利的果实,那些最后成功的,都是跑赢自己的人。

一颗“向上”的心

佟雨航

种子不落在肥土而落在瓦砾中，有生命力的种子决不会悲观和叹气，因为有了阻力才有磨炼。

——夏衍

巴西青年克劳迪奥·维埃拉·奥利维亚从一出生便与众不同，因为患有严重的先天多发性关节挛缩，他的头部十分怪异地向背后向下耷拉着。

8岁之前，克劳迪奥一直被母亲抱着，就像依附在树上的藤蔓。8岁之后，克劳迪奥有了自己的想法：总不能被母亲抱一辈子，自己的事情该由自己做。于是，他开始尝试用膝盖走路，一次次地跌倒一次次地爬起。三个月后，他学会了用膝盖走路。之后，他学会了用嘴巴衔着一支笔敲键盘打字，学会了用嘴唇操作手机和鼠标，学会了开电视、接电话和打字上网等，还发明了一种能够让他四处走动的鞋子。

一天，坐在窗前的克劳迪奥看到几个孩子手拉着手高高兴兴地去上学，于是他祈求母亲送他和其他孩子一起去上学。母亲感到很为难，克劳迪奥的脑袋是向后而且是向下长的，看到的东西都是倒立的影像，即使去了学校又怎样上课呢？克劳迪想到了一个好办法：他让母亲把老师讲的内容用摄像机录制下来，然后倒立着图像给他播放，他跟着摄像机学习。就这样，克劳迪奥跟着摄像机完成了小学、初高中以及大学的全部课程，并且经过国家考试，门门功课优秀，获得了毕业证书。

大学毕业后，克劳迪奥在家里为客户做会计和搜索信息工作，但由于身体上的限制，他的客户少之又少。于是，心情郁闷的克劳迪奥每天就去他家附近的一个礼堂去听演讲。一天，一位演讲大师由于飞机的延误而缺席。正当台下一片混乱、主办方急得焦头烂额之际，克劳迪奥来到后台毛遂自荐演讲。迫于救场，主办方答应了他。于是，克劳迪奥走上讲台，他怪异的体型立即引起了台下听众一片窃窃私语和喝倒彩声，但克劳迪奥并不管这些，他忘我地开始了他的演讲。克劳迪奥富有磁性的嗓音，清晰的思路，幽默的语言，最关键的，他那与众不同的人生经历令所有人唏嘘和感叹。台下的听众渐渐地安静下来，开始认真地倾听他的演讲。克劳迪奥的倾情演讲，给人一种奋发向上的力量，赢得了台下听众雷鸣般热烈的掌声。最后，演讲主办方按照每小时 88 美元付给了他薪水。

就像鱼儿找到了大海，夜航船看到了灯塔。那次意外的演讲成功之后，克劳迪奥终于找到了自己人生奋斗的方向，他开始四处推销自己的演讲。尽管遭到了很多白眼、讽刺和屈辱，但他没有一丝气馁和退缩。他充满自信，逆风而上，以一个树的姿态屹立于人们面前。

靠着坚定的信念、家人的支持和朋友的陪伴，克劳迪奥的信心一天天增长。他的自信和乐观渐渐赢得周围的人的尊重，一些社会组织和机构开始邀请他去做励志演讲。在数年演讲磨练中，他具备了异常坚韧的心智和丰富的阅历。这些精神上的素养，完全弥补了他肉体上的缺陷，帮助克劳迪奥超越了健全的大多数人，取得了非凡的成就。如今，克劳迪奥成了一名全球知名的励志演说家，在全球 29 个国家发表过超过 1000 多场演讲，每年都能接到 2 万多个来自世界各地的演讲邀请。

每次演讲结束时，克劳迪奥都会对听众说："虽然我的头颅是向下的，但我有一颗'向上'的心。无论生活处境多么艰难，只要拥有一颗'向上'的心，不抛弃、不放弃，坚持下去，就一定可以完成人生的目标。"

苦难是一种磨砺。不灰心，迎难而上，也许会有意外的收获。

你的美，不只是上帝看得到

崔修建

对人来说，最大的欢乐，最大的幸福是把自己的精神力量奉献给他人。

——苏霍姆林斯基

2009 年 11 月最后一个周末，在美国宾夕法尼亚州的莫克小镇，一场隆重的葬礼正在举行。从四面八方自发而来的人们排成了长长的送葬队伍，默默地为因心肌梗塞而死的杰夫森送行。也许有人会惊讶，杰夫森不过是一个有着三十多年乞讨史的职业乞丐，他平生似乎并没有任何英雄壮举，可是，为什么那么多人都异口同声地说他是一个好人，说他的美上帝都看得到。

原来，这个失去了一只臂膀、靠乞讨为生的杰夫森，在他三十多的乞丐生涯中，还做了许许多多令人感念的事情，下面就是从中选取的一小部分：

他曾向消防部门报告了三处火险隐患，及时避免了可能发生的重大火灾。

他曾为一位截肢的青年无偿献血 500CC，保证了那个手术的顺利进行。

他曾向遭受飓风的佛罗里达州的灾民捐献了 2000 美元，而那是他全部积蓄的三分之二。

他曾协助警方捣毁了一个贩毒窝点，并多次向警方提供重要的破案线索，被当地警察尊称为最值得信赖的“眼线”。

他曾花费一年多的时间多方奔走，终于帮助两个走失的儿童找到了亲人。

他每年春天都会蹲守在那条繁忙的公路边，悉心地照料那些需要穿越公路去繁殖的青蛙，尽力地帮助它们免遭往来车辆的伤害。他还先后收留过 7 只流浪猫和 3 只流浪狗，救助过受伤的猫头鹰和苍鹭。

在他山间简易的小屋里，几乎所有的用具都是他从垃圾箱中捡来的。他平素生火做饭，都是从山上捡枯枝和树叶作烧材，从没有砍伐过山上的一棵树。他从不乱扔垃圾，没有用的废物他会背着走上五里多的山路，送到镇上的垃圾回收站。

他是一个爱美的人，居住的小屋收拾得干干净净，屋前还种了好多的花，屋后栽了果树。他每次出门乞讨前，都要换上干净的衣裳，都要上上下下装饰一番，仿佛是去见尊贵的客人。

他不管是否有收获，收获有多少，常常是微笑着，知足地过着每一天，从没有听到他叹息过，更没有听到他抱怨过什么。

葬礼上，牧师阅读了杰夫森放在衣兜里的遗言："我很感激自己能够生活在这样美好的世界里，我一生都在接受人们善意的关注和帮助，都在感受着爱的温暖，我也十分愿意为这个世界留下一些关切和温暖，只是我做得太少了，少得可能连上帝都看不到，但我还是衷心祝愿这个世界越来越美好……"

"杰夫森，你的美，不仅上帝看得到，世间无数眼睛都看得清清楚楚，不只是今天来为你送行的人们，还有许许多多的人，相信他们都会敬重你的美德，都会为你美丽的人生心存敬意。"牧师深情的话语，道出了世人共同的心声。

没错，杰夫森的美，不只是上帝看得到，爱的眼睛都看得到。

爱人者，人恒爱之。做了善事，人们知晓；做了恶事，也将被人们记住。你在别人眼中什么样子，取决于你曾做过怎样的事。

我要去陪爷爷

张素燕

君自故乡来，应知故乡事。来日绮窗前，寒梅著花未？

——王维

八岁的儿子一放学回到家，就兴奋地说："妈，明天是周末了，我要回老家。"说着他便给爷爷打电话，告诉爷爷他要回老家，同时约好了回老家的时间和下车的地点。挂完电话，儿子就开始收拾书包和衣服。我完全没当回事儿，儿子准备他的，我忙我的。只见儿子长出一口气，说："哎哟，终于准备好了。" 然后一屁股坐在沙发上看起了电视。

这时，我对他说："明天不能回去啊。我们这儿不过星期，我得上课。我不能开车送你回老家。""知道你有课，我自己回去。我自己坐公交车走。我已经和爷爷约好了。"儿子坚决地说。"那也不行。我没时间送你到公交车上。"我厉声说道。"我自己走着去。"儿子早已想好了似的脱口而出。"哼，你别逞强了。明天不回去！"我下了最后命令。因为家离公交车站有四五里地远。儿子步行到那儿，谈何容易。我给公公打了电话，说儿子不回去了。

第二天儿子一醒来，就嚷嚷着要回家。我跟他说不行。见他还是执意要走，于是就好言相劝，百般相哄，他才极不情愿地答应了。

早饭后我去学校上课，留他一人在家里。上午最后一节没课，我提前回到家。一进门看到地板上放着一个笔记本，上面压着一个水杯。"这孩子，怎么把东西乱放！"我生气地大喊着儿子。可没人答应。我以为儿子在哪个卧室里玩。可我找遍了三个卧室都没有人。我这才意识到，孩子走了！我赶忙俯身拿起地上的水杯和笔记本。只见笔记本上水杯所压之处，赫然写着几个整齐稚嫩的字："妈妈，我回家了！"我的眼前顿时一片烟雨朦胧。心中又酸又痛，不自觉地抽泣起来。儿子没有钱，怎么坐车回家呀？爷爷又不知道他回去。下车后，离老家还有六七里地的距离呢！他怎么回去呢？

突然想起，儿子是步行去的公交车站，他至少得走上半个多小时。公交车是半小时发一趟，说不定这会儿，儿子坐的公交车还没走呢！想到这儿，我飞奔下楼，驱车直往车站，心里祈祷着儿子别走。

到了车站，找到标有老家牌子的公交车，一眼望到了儿子就在靠窗户的位置坐着。他背着鼓鼓囊囊的大书包，手里还提着上学时拎的水杯。我上车走到他身边，抑制着夺眶而出的泪水，问："你有钱吗？"他从上衣兜里掏出 1 元，1 角和 5 毛的零钱，正好凑够路费。我鼻子酸酸的，眼眶热热的，喉咙哽哽的。我极力忍住心酸的泪水，微笑着说："走，我们回去吧。今天不回老家了。下周我们再回去。"可儿子摇着头说，"我要回去。"我已顾不上车里的人惊讶相看，任由泪水纵横双颊。儿子执意要回去，我只好依了他。掏出 10 元钱给儿子，可他不要，他说他的零钱就够路费了。我硬把钱塞给儿子，并叮嘱他路上注意安全。我告诉他，我会给爷爷打电话，让爷爷去接他。

看着公交车缓缓离去，看着儿子笔直挺坐的背影，我的心碎了。一个八岁的孩子，思乡之情如此心切。说走就走了。这是我们大人无法企及的。我们在匆匆的忙碌中一次又一次与回家失之交臂，总是有太多的理由阻挡我们回家的脚步。儿子的果断和坚持让我们汗颜和佩服。最美小儿思乡情。"回家，回家，回家是最好的礼物！"耳边又响起了温馨的歌曲。我似乎看到了祖孙想见的欢乐场景。

我在这方，很多的岁月，时常会想起，你给予我的一切，你给我的每一个梦想，在漂泊的岁月，让我坚强。

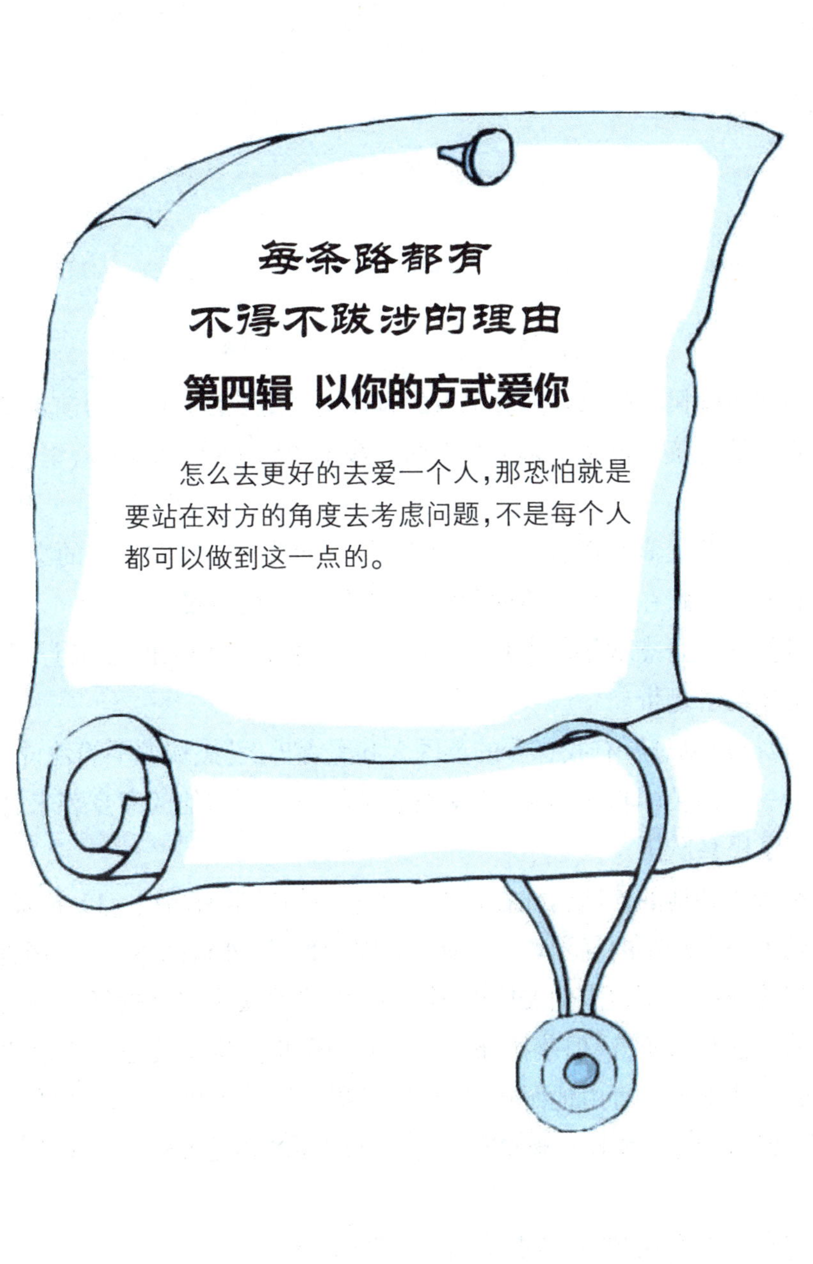

每条路都有

不得不跋涉的理由

第四辑 以你的方式爱你

怎么去更好的去爱一个人，那恐怕就是要站在对方的角度去考虑问题，不是每个人都可以做到这一点的。

小敌人

庞启帆

儿童集体里的舆论力量，完全是一种物质的实际可以感触到的教育力量。

——马卡连柯

一大批殖民军的家属拖着沉重的脚步慢慢地从莎拉的家门前走过，他们即将随战败的英国殖民军队离开纽约。莎拉和奶奶看着他们,心里很高兴,也很同情他们。

他们的脸上满是倦容。妇女背着婴儿,和莎拉年龄差不多的穿着破烂的孩子赶着牛羊跟在后面。路面很泥泞,他们走得很艰难。

莎拉的哥哥杰瑞德却不想看这些人。他躺在火炉前的小床上,已被截肢的右腿还绑着绷带。

“我已经见过所有我想看的英国人和黑森人。”杰瑞德平静地说。

当一支由英国将领约翰·伯戈因率领的殖民军向他的家乡袭来时，杰瑞德加入了民兵队伍。

杰瑞德和他的连队驻扎在他的家乡北面的贝米斯高地。11 天前,他的连队受到了一支敌军的猛烈攻击。他的右腿受伤了,外科医生不得不把它锯掉。

当美国起义军包围伯戈因的军队时,伯戈因最终被迫投降。杰瑞德为取得的伟大胜利而骄傲,但莎拉知道哥哥的心里也充满了忧虑。年迈的奶奶和年幼的妹妹本来一直由他照顾,现在他只剩下了一条腿,反而需要他们照顾。

天慢慢黑了。莎拉点燃蜡烛,把跳棋放到杰瑞德面前。兄妹两每晚都下跳棋。

“莎拉,去喂牛,然后拿点柴回来。”奶奶说。

“我们晚饭后再下跳棋。”沙拉对哥哥说。

莎拉系好披巾,向牛舍走去。牛正卧在牛舍里反刍。她从墙上取下干草叉,用力叉进屋角的干草堆里。

"啊!"一个骨瘦如柴的男孩突然从草堆里跳出来,双拳紧握,怒视着莎拉。莎拉用叉子指着他,同时后退了两步。

"你是谁?你在这里干什么?"莎拉喝问道。

男孩放下拳头。"请不要赶我走,我再也走不动了。"他用生硬的英语说,"让我在这里休息一晚,明天早上我就走。"

"你和外面那些人是一起的吗?"

男孩点点头。"我爸爸是一名黑森雇佣军士兵,他 10 天前被你们起义军杀死了。"

"你妈妈呢?"

"也死了。军营里不少人都生病死了,我妈妈是其中之一。"

"你没有其他家人了吗?"

他摇摇头。

"我叫莎拉。"沙拉边说,边把干草抛进牛槽里。然后,她把叉子挂回墙上。

"我叫威廉。"

"威廉,明天早上,你们的军队和家属会全部撤走。"

威廉把一张肮脏的毯子披上肩膀。"我也必须走。"

他赤着脚。"路很长。你没有鞋,怎么走?"莎拉问。

"我从加拿大来的时候就没有鞋。黑森男子汉可以做任何事。"

黑森男子汉?看样子,威廉还不够 8 岁。莎拉的父母在莎拉 8 岁前都已经死了,但奶奶和杰瑞德照顾她。谁来照顾威廉呢?

"你饿了吧?"莎拉问。

威廉点点头:"是。"

莎拉记得奶奶说过,应该向任何需要帮助的人伸出援助之手。威廉是他们的敌人,但他肯定需要朋友。可是她把一个黑森男孩带进他们的家,她的哥哥会有什么反应呢?杰瑞德为了保护他们的家园,几乎命丧黑森雇佣军的手上。

“奶奶正在做晚饭。在你继续上路之前，你必须先吃饭。”

“谢谢！”威廉说。

莎拉从柴房抱了一抱柴火。威廉把他的毯子扎到腰上，也捡起了两根木柴。

莎拉打开门。威廉跟着她进了屋。他们把柴火放在壁炉旁。

“奶奶，哥哥，这是威廉，他已经没有家人了。他可以留下来吃晚饭吗？”

杰瑞德从床上转过身来，盯着威廉。

“他的爸爸是一名黑森雇佣军士兵。”莎拉说，“他已经在战斗中死了。”“战争结束了。”奶奶说。她在桌子上多放了一个碗。

“我一直这样认为。”莎拉边扶杰瑞德起来边说，“当你需要帮助时，我们可以伸出援助之手。威廉跟我说，黑森男人可以做任何事情。他可以留下来吗？”

杰瑞德阴沉着脸。莎拉屏住了呼吸。在这样寒冷的冬夜，他会把威廉赶到外面去吗？

终于，杰瑞德说道：“威廉，你能一个人驱赶一个牛群吗？”

“能！”威廉坚定地说。

“你会劈柴吗？”

“会。”

“你确信你的围棋水平比我妹妹好吗？”

威廉的蓝眼睛闪着光。“是的，我确信。”他答道。

杰瑞德笑着对妹妹说：“他可以留下来。”

孩子都是上帝的精灵，都是充满爱心的天使。就让这爱意在人们中间传播，去化解那些无休止的杀戮吧！

以你的方式爱你

唐仔

爱是理解的别名。

——泰戈尔

他觉得自己是个情感的失败者。他最爱的几个人,也是他付出最多的亲人们,对他的爱,竟然都难以接受。

儿子是他最疼爱的人,为了儿子,他可谓呕心沥血。每天儿子上下学,都是他开车接送。以前没车的时候,他也坚持骑自行车,接送儿子,风雨无阻。在他看来,自己接送儿子,免除了儿子路途之苦,节省了不少时间,而这些时间,可以拿来比别人多看一页书,多做一道题。他对儿子的唯一要求就是,全心全意读书,剩下来的事情,都可以交给他来办。

可是,儿子上初中后,却不愿意他接送了,而宁愿自己乘公交车,或者骑自行车上下学。但他还是坚持接送儿子,他怕儿子上学迟到,担心他路上不安全,害怕他放学后,会和不良孩子混在一起。儿子执拗不过他,每次坐上车,都是一路无语。

他们的矛盾,在一个星期天集中爆发。那天,儿子和几个同学约好一起去博物馆参观。小区门口,就有一路公交车,可以直达博物馆,所以,儿子想自己乘公交车去。他却认为,虽然公交车可以直达,但是,等车的时间却很漫长,而且,那辆公交车的乘客很多,非常拥挤。他对儿子说,还是我送你去吧,这样,你就不用排队挤车了,省下来的时间,正好可以将英语补一补。儿子不情愿地答应了。

将儿子送到博物馆后,他问儿子大约参观多长时间,他再来接他。儿子说,他也不能确定要参观多久,反正参观完了,自己坐公交车回家好了。他去匆忙办了一件事后，就又开车回到博物馆门口，等待儿子。一直等了三个多小时，才见到儿子和几个同学，有说有笑地走出博物馆的大门。他发动汽车，向儿子迎去。儿子见到他，不但没有半点惊喜，反而又羞又恼。“不是说好了，我自己坐车回家的吗？”说完，儿子自顾自和几个同学向公交车站走去。他没想到自己苦等了这么久，竟然是这样的结局，不禁勃然大怒。

从那以后，儿子坚决不肯让他再接送了。他觉得自己真是太失败了，为儿子付出了这么多，却落得这么一个下场，他无法理解，郁闷至极。真是养了一个“白眼狼”，他愤愤地想。

在儿子这儿，他是吃力不讨好，在自己父母那儿，他似乎也没怎么讨得欢心。以前家里穷，父母省吃俭用，将他们兄妹几个拉扯大，现在条件好了，他想让父母生活过得好一点，弥补一下年迈的父母。所以，每个月，他都会准时给父母一大笔生活费，还经常买一些贵重的礼物，送给他们。

有一次，去北方出差的时候，看到一种驼绒大衣，保暖性能很好，当然，价格也不菲。他毫不迟疑地给父母各买了一件。父母收到礼物后，显得很开心，可是，看到价格标签后，母亲的脸色一下子变了，打电话责怪他不该买这么贵的东西。最让他不能理解的是，那两件驼绒大衣，他几乎没看见父母穿过，他问过他们，为什么不穿？父母说，南方的天，没那么冷，而且，那么贵的衣服，穿在身上，一点也不自在。

他认为，让父母衣食无忧，吃好，穿好，用好，就是孝顺了。可是，父母亲却自有想法，有一次，母亲吞吞吐吐地对他说，宁愿他经常回家来看望他们，陪他们唠唠嗑，而不是一次次托人捎钱捎物回来，他们清汤寡水生活惯了，不需要太多的物质，只是希望一家人，能够经常聚在一起。

就连妻子也经常对他流露出不满的情绪，他想不明白，自己在外面拼死累活地打拼，不就是为了这个家吗？他的目标，就是让她住更大的房子，开更好的车子，买更好的化妆品……然而，妻子却并不理解他，经常为了一些在他看来是鸡毛蒜皮的小事，而和他闹别扭。一次，他因为生意上的事，而很迟回家，妻子幽幽地坐在沙发上，看样子是在生闷气。他问她怎么了？她回问他，今天是什么日子？他想了半天，没想起来。她告诉他，今天是你生日，我都买好了蛋糕，可是，现在已经是凌晨了，你的生日已经过去了。

他觉得，妻子这是小题大做，有点煽情，不就是一个普通的生日吗，而且还是他自己的，忘了就忘了，不过就不过呗。妻子却认为，这个家就像个客栈，没有半点温情。两个人都闹得一肚子的不愉快。

他认为，自己为孩子，为父母，为妻子，为这个家，付出了很多很多，他是真爱他们的，他们怎么就不明白，不领情呢？在一次朋友的聚会上，他道出了心中积郁已久的苦闷。

朋友劝解他，你确实付出了很多，你所做的一切，也真的是出于爱他们，但是，你是在以你的方式付出，以你的方式在爱着他们，而你的方式，未必是他们接受和需要的。儿子需要你的爱，但同时希望你能给他一点自由的空间，独立成长的机会；父母希望你多陪陪他们，而不仅是物质的供养；妻子可能更需要的，是你的温情，你的呵护……

是的，爱一个人没错，然而，以怎样的方式去爱，可能效果迥异。以他人所需要的方式去付出，去爱，才会更容易被接受，无论是对亲人，还是朋友，都是一样。

怎么去更好的去爱一个人，那恐怕就是要站在对方的角度去考虑问题，但不是每个人都可以做到这一点的。

悬在空中的疤痕

麦父

与人不求备，检身若不及。

——《尚书 伊训》

早晨走到阳台，惊讶地发现，阳台上的一块钢化玻璃，竟然碎裂了，像一大朵裂开的花瓣一样。

幸亏是夹层的，碎裂的玻璃，才没有“哗啦啦”坠落一地。细瞅，在玻璃的右下角，找到了一个着力点，原来是被人用石块砸的。竟然是被人为砸碎的！一股怒火，腾空而起。

谁会砸我们家阳台玻璃？自忖搬到这个小区住了六七年，从没和任何人红过脸，更没与谁结下过冤仇，那么，这个人为什么要砸我家的阳台玻璃？立即向小区物业报案。工作人员来查看之后，确认是人为砸的，但是，是谁砸的，为什么砸，却一直没查出来。我家住二楼，虽然楼层不高，不过，要用石块砸碎这种强度很大的钢化玻璃，还是需要不小的力量的，孩子基本可以排除，最大的可能，是成人砸的。

突然，“汪，汪汪”，花花莫名地狂吠起来。花花是我养的一条狗。恍然明白，也许是花花在阳台上狂吠，从楼下散步或路过的人，听了心烦，顺手从地上拣了一个石块，砸了过来，将玻璃砸碎了。

阳台上一排整齐的蓝玻璃，唯这块碎玻璃，特别显眼。从楼下稍稍抬头往上看，一眼就能看到它，像个疤痕一样。我们这是幢高层，物管比较严格，当初各家在装修时，楼房的外立面，丝毫不准改变，所以，楼房的外墙，一直很整齐、美观。现在，因了这块碎玻璃，而有了伤痕，很不协调。

找来维修工，师傅看了看，摇摇头说，这种颜色、款式的钢化玻璃，已经没有了，而且，这种弧形的钢化玻璃，很难配，需要从外地调货，很费周折。不过，师傅安慰说，因为是夹层钢化玻璃，因此虽然一面碎裂了，但一时半会儿，是不会坠落的。也就是说，暂时不更换也可以，只是难看一点。

那块碎裂的钢化玻璃，就一直悬在那儿。

它就像一道疤痕一样，每次看到它，我的心都会隐隐地作痛，又气愤，又无奈。有时家中来了客人，看到那块碎玻璃，还得一遍遍跟客人解释，它可能是因为什么被人砸碎的，为什么又一直没有更换云云。不胜其烦。不过，每次花花无故吠叫时，我就会立即制止。倒不是怕别人再砸了玻璃，而是意识到，它的吠声惊扰了别人。这是那块碎玻璃，无声地提醒着我。

慢慢地，我适应了阳台上那块碎玻璃，有时候，我甚至觉得，穿过那块碎玻璃的裂纹看出去，有一种别样的美。

我差不多已经忘记了阳台上那块被人砸碎的玻璃了。

“咚，咚咚”，有人敲门。

打开门。是个陌生的面孔，但似乎又在哪儿见过。

他自我介绍，他也住这个小区，某幢某号。难怪有些面熟，原来是一个小区的。

问他何事。他瞄了一眼阳台，说，你家阳台那块玻璃，是我砸的。

我一时错愕，没恍过神来。他又重复了一句，你家阳台那块玻璃，是我砸碎的。

终于明白过来了。但我又有点糊涂，这事都过去好久了，连我都差不多已经忘记这茬了，他怎么会突然自己找上门来“认罪”？

他自顾自地说，那天晚上我散步，从你家楼下经过时，你家的狗在阳台上狂叫不止，我听着心烦意乱，就从地上拣了一块石子，随手砸了过去。我只是想吓唬吓唬它，让它别叫了。只听到“啪嗒”一声。狗好像受了惊吓，还真的就不叫了。第二天散步时，我才发现，你家阳台上的一块玻璃碎了，从楼下看上去，那块碎玻璃的裂纹，特别刺眼。我也想过，来向你们解释一下，道个歉，赔偿你们，但又想想，反正当时也没人看到，我为什么要自投罗网，自找麻烦呢。

他咽了口唾液，继续说，我以为你们会很快将碎玻璃更换掉的，没想到，一天又一天,那块碎玻璃一直没换。每天早晚,我都会在小区散散步,每次路过你家楼下,我都忍不住抬头看看,那块碎玻璃有没有换掉。没有,一直没有。我都不敢抬头了,我都不敢从你家楼下经过了。他重重地叹了口气,你不知道,那块碎玻璃,就像一个伤疤一样,一直悬在那儿,刺伤我,折磨我。我内心一直没有平静过,安宁过。

我今天来,就是想向你们道个歉,我愿意做出赔偿,同时,请你尽快将那块碎玻璃换掉。说完,他丢下几张百元钞票,转身走了。

等我回过神来,追出去,他已经走远了。

这是我完全没有想到的结局。那块被砸碎的玻璃,甚至已经激不起我丝毫的怨气和愤怒,我差不多已经将它彻底淡忘了,有个人,却一直为此不安。

我拨通了维修师傅的电话,请他想办法,无论如何将那块碎玻璃立即更换掉,让疤痕消失。

如果每一个人都有这样犯错以后勇于改正的自觉,那我们的社会将会和谐很多。很多时候这是修养支撑的。

这些都不是理由

庐江布衣

世界上一切其他都是假的,空的,唯有母亲才是真的,永恒的,不灭的

——印度

2004年4月的一天傍晚,美国总统小布什的电话响了。电话是小布什的母亲芭芭拉·布什打来的。芭芭拉·布什的腿疾又犯了,正在德克萨斯州的医院里接受治疗。但是芭芭拉·布什的心情好像还不错,她爽朗地说着:"没事,一点小毛病,过几天就好了。你别担心我,工作才是最重要的,孩子。"

刚挂上母亲的电话,小布什的手机又响了,这回是父亲老布什打来的。老布什的语调显得遥远而深沉:"有空的时候,回来看看你母亲吧,她需要你。"

小布什说:"会的,等忙完这阵子,我就回来看您和母亲。您知道的,我最近真的抽不开身。议会正在为伊拉克的问题争论不休,非洲的援助基金也出了问题,还有阿富汗也颇为棘手,更重要的是反对党的那些家伙,总是暗暗拆我的台……"

"其实,这些都不是理由。"老布什语调幽幽的,说完就挂了电话。

小布什苦笑了一声,又投入紧张的工作。

过了一会儿,小布什收到了一条短信,是老布什发来的:"你八岁那年,有一天夜里下着大雨,你发烧了。你母亲当时正在几十公里外的农场里。她赶回来看你,汽车在半路抛了锚。我让她找个旅馆休息,第二天再回来。可是,你母亲在风雨中步行了三个多小时,夜里十一点终于回到了家里。还有,你十岁那年,我正在非洲访问,你打来电话说,爸爸,你答应陪我过生日的。于是,我中断了访问,回来陪你过生日,因为答应你的,我一定会做到。我说这么多,其实只是想告诉你,在爱与责任面前,所有的忙碌与阻碍,都不能成为理由!"

看着短信，小布什便满心愧疚。这几年，自己一直忙于工作，总是没有时间去陪伴父母。但是自己却心安理得，并不觉得有丝毫亏欠。可是父母，他们总会在自己最需要的时候出现在自己的身边，他们从来没有任何借口与托词。

小布什简单地安排了一下工作，然后就带着夫人与两个女儿，坐上了专机，飞往德克萨斯。当天晚上九点四十分，小布什满脸微笑地出现在了母亲芭芭拉·布什的病床前。芭芭拉·布什看着小布什与劳拉，双手搂着两个乖巧的孙女，灿烂地笑了。笑着笑着，芭芭拉·布什两眼就湿润了。

老布什沉静地站在窗外，一边抽着雪茄，一边朝着小布什竖起了大拇指。

第二天下午，小布什一家辞别父母回到了华盛顿。因为是私人活动，小布什将要为此承担 10.8 万美元的专机使用费，相当于小布什半年的工资，但是，小布什说，它值得！

一个人，无论他是平凡还是尊贵，在父母面前，他永远都是一个孩子。在父母需要的时候陪伴在父母的身边，这是每一个孩子应尽的基本义务。譬如忙碌，譬如生活与经济的压力，譬如时间的仓促与空间的阻隔，这些我们自认为十分充分的理由，在亲情与责任面前，其实根本不能称之为理由！

不要让亲情在熙熙攘攘的现代社会变革中越来越脆弱地面对冲击，至少我们可以从自我做起，不要给自己留下遗憾，俗话说“树欲静而风不止，子欲养而亲不待。”趁现在有时间为自己的双亲送上一份不算奢侈的温馨问候吧！

最后一根蜡烛

李兴海

我的生命是从睁开眼睛，爱上我母亲的面孔开始的。

——乔治·艾略特

当我因公被调配到这家医院时，我从医已将近十年了。十年的医学生涯，让我在众多的生死和病痛中逐渐拥有了异于常人的领悟。

这个大约十五六岁，一脸忧郁的男孩是在一个周末的清早被母亲送进来的。深夜，他咆哮式的和母亲说话，惹得我和一帮病人急急入内观望。他的眼睛是在不久前的毕业晚会上弄伤的，原因是他的母亲自作主张地给当晚有节目的他买了一双新鞋。新鞋的防滑效果并不好，所以在舞蹈的过程中他失足从台上重重地摔了下来，眼眶恰巧碰到了桌角上。我能想象，那一撞是无法消减掉跌落的重力的，于是，只能依旧的向下，所以，他的两只眼睛应该都受伤了。

男孩的声音开始逐渐地弱了下来，带着哭腔。我能理解，对于一个十五六岁的孩子来说，光明可能是他的全部。

此时，他的母亲像是一个无助的孩子，一言不发地站在角落里，泪流满面地听着他说话。

“你好，我是这里的医生，对于眼科，我已经有了十几年的经验，我有把握能把你的眼睛治好，并且不会留下伤疤。”我只能暂时这么安抚着情绪激动的他，让他有一个良好的心态接受治疗。而对于是否能真正的不留一点伤疤，我并没有十足的把握。

“真的吗？医生，这是真的吗？叔叔，你一定要把我的眼睛治好，我不想变成瞎子。”他情绪显然非常激动，认为我是他唯一的救命稻草，朝着我声音发出的位置慢慢地挪动着。最后,终于抓住了我的手。

“是的,但是你要保持良好的心态,我需要你的配合,那么这个手术才有可能顺利地进行。知道吗?”说完,我拍了拍他略微有些颤抖的双手。他一边不停地对我说,他相信我的医术,一定会好好配合我的工作,一边不停地说着谢谢。

后来,我成了唯一能说服这个倔强男孩的医生。如我所愿,手术非常顺利,可尽管如此,他还是难以原谅他的母亲。为了避免细菌感染,手术后我还是照旧给他缠上了纱布。并且建议他,不要在强光下逗留太久。

当夜,为了庆祝他的手术成功,班上所有的同学都打算来病房看他。我能理解,这一面之后,将是海角天涯。所以,除了叫他们安静一点之外,我并没有多说话。

不知道是谁想出来的主意,当夜,全班同学齐齐来到病房,每人手里都捧着一支蜡烛。为了避免强光照射而把电灯关闭的黑暗病房里,瞬时红光闪耀起来。

他们开始回忆温暖的往事,畅想自己的未来。可最后,还是依然阻挡不了别离的伤感。他们相约,在各自的蜡烛上用笔划出自己的名字,谁走了,就吹灭一支蜡烛,然后把这些载有光明的残体留下,送给这位男孩。

我知道,此时的他已经能够透过纱布隐约看到这些昏红的光亮了。猛然,其中的一支蜡烛灭了, 人群里的声音也忽然相应着像是被刀切般暂停了一秒。紧接着,大半的蜡烛开始相继熄灭,整个病房里也瞬时暗淡了下来。男孩努力地清了清嗓,有些哽咽。

最后,所有的蜡烛都熄灭了,独留那么一支在黑暗中强韧地散发着光亮。男孩一边不断地猜测着捧着这支蜡烛的朋友是谁,一边埋怨着自己的母亲。

“凯丽,是你吗?是你吗?我知道是你。呵呵,想当初,我还悄悄暗恋过你呢。”说到这儿,男孩的声音忽然微弱了下来,带着一点点羞涩。

那一夜,烛光和男孩的倾诉一夜未断。一直到清早,男孩才疲倦地沉沉睡去。可没多久就醒了过来,吵着要我帮他解开纱布。然后急急搜寻满地长短不一的蜡烛,一一数出。

忽然,他顿住了,因为凯丽的蜡烛是最长的,这说明她是第一个走掉的。那么,最后一根多出的蜡烛是谁捧的呢?

隔壁的病床上,安然躺着的是男孩的母亲,手中握着一支没有名字的粗壮的蜡烛。手背上,几道鲜红的印记,俨然是被蜡油烫出来的。我仿佛还能清晰地看到,昨夜,她的母亲手握一支粗壮的蜡烛,蜡滴滚落在手也不忍一动的场景。

男孩将被子挪到熟睡的母亲身上,独自走到了窗边。我想,此时的他和我一样,都忽然明白了——能在茫茫黑暗中执意坚守,并不顾一切曲解为我们捧起最后一支蜡烛的人,只会是母亲。

母亲的心是一个深渊,在它的最深处我们总会得到宽恕。青春会逝去;爱情会枯萎;友谊的绿叶也会凋零。而一个母亲内心赤城的爱比它们都要长久。有一颗星星永远闪亮,那便是母爱。

快递给母亲的爱

王晓宇

母爱不仅仅是指母亲对孩子的爱,也包含孩子对母亲的爱。

——穆尼尔纳素夫

和朋友小令一起去逛街,她拉着我去副食品商场,左挑右选,最后买了一斤大枣,然后出了门拐进旁边的邮局,把那一斤大枣郑重其事地快递给老妈。

我笑骂,你脑子进水了?买一斤大枣才几个钱?可是让邮局快递过去,少说也得二十多块钱吧?你算得是什么糊涂账啊?用脚指头扒拉几下都知道不合算,真不知道你怎么想的。

她笑着说,什么合算不合算的,我就是想让老妈高兴一点。我爸和我妈退休工资挺高的,什么都不缺,缺的就是女儿在膝下承欢。我大学毕业跟着那个人跑到了现在这个城市,爸妈就我这一个女儿,身边没人照顾,很孤单,所以我时常快递点小礼物给父母,也好让老爸老妈知道,女儿没有忘记他们,时刻记挂着他们,永远爱他们。

平常,我觉得小令是个大大咧咧的女人,什么事情都不放在心上,想不到却是心细如发,虽然她和父母远隔异地,却能用快递这种方式,把亲情的纽带联系起来。

她给父母快递过很多东西,过年过节自不必说,就是平常日子,不管想起什么,随时随地就给老妈快递过去,就算是出门旅行,她也会买些特产随时给父母快递过去。

她曾经给老妈专门快递过一把木梳,甚至还专门快递过一瓶擦脸油,还有一些不值什么钱的好玩儿的小腕饰。她的老妈曾给她打电话,告诉她别再寄那些小物件了,又麻烦又费钱。她淘气地回老妈,你想要什么大物件啊?价值连城的翡翠啊古董啊什么的,我可买不起。老妈笑骂,你又带孩子,又要上班，我还不是为你着想，怕你麻烦吗？

小令说，我不怕麻烦，真的不怕麻烦，每次想到老妈收到我的礼物时，快乐得像个孩子一样，我就很开心了。她常说，父母老了，天伦之乐对于他们来说很重要，等我有钱了，买了属于自己的房子，一定会把他们接到身边。

毋庸置疑，小令是一个孝顺的乖女儿。

我想起自己的父母，我和父母生活在同一个城市，从来没有给父母快递过礼物，周末、过年过节，都会跑到家里看老妈。可是对于那些远离父母的人们，快递也未尝不是一个好办法。

亲情需要互动，亲情需要载体，父母不会计较礼物的大小，礼物的多少，父母在意的是儿女心里有他们。

孩子和母亲之间溢着深深的、真切的、不尽的爱。这种爱才是孩子和母亲永恒的精神支柱，我们体贴老人，要像对待孩子一样。

远离的门

林玉椿

父亲,应该是一个气度宽大的朋友。

——狄更斯

读高中的时候,我到县城跟父亲住在了一起,结束了初中时的住校生活。

每天,我都骑着一辆破旧的自行车,像一只飞翔的小鸟,飞快地从学校往家里赶。

穿越那条不算拥挤的街,扑鼻而来的便是那股浓浓的大院气息,再拐过几个弯,叮叮咚咚地走上楼,出现在面前的便是那扇门,那扇绿色的门。

记不清我曾多少次把钥匙插入,把这扇门开启。推开门,总是看到父亲那略带羞涩的脸和充满关爱的眼神。

父亲一直在一座美丽的山水城市工作,远离家乡。我则从小在乡下的老家长大,和母亲生活在一起。父亲一年到头很少回家,一直以来,我对父亲的印象并不深。对于我来说,父亲更像是一个抽象的符号。

后来,父亲回到了县城,我就读高中后,与他住在了一起,他似乎找到了弥补曾与我多年分离两地的机会,每天都会做很香很美味的菜肴给我吃,每隔一段时间,都会给我足够的零花钱。

可是,由于初中的叛逆,我丢失了小学时的骄傲,我考上的这所高中,是全县最差的一所高中。在这所学校念高中,能实现上大学梦想的人少之又少,想考上本科,简直是天方夜谭。于是,我也成了学校里失望的学子之一。

我每天过着浑浑噩噩的日子,做一天和尚敲一天钟,不但上课不听课,而且经常不上晚自习,在街上玩到很晚才回家。我的学习成绩一直是班上倒数几名。

那个夜晚我仍然晚归了。我轻轻地取出钥匙，想尽量悄声地进去。但我停住了。我听到母亲的声音，那声音带着伤感，带着无奈："本以为他能圆了我们望子成龙的梦的，现在看来，希望真是渺茫，他的前途实在是令人担心呢。"

父亲深深地叹息一声，说："可惜这孩子，初中学坏了。多好的一棵苗子，看来就这样毁了。还能想着有什么前途？不打架惹事，平平安安就是万幸了。只是，将来怎么办？"

紧接着，屋里变成了一片寂静。虽然隔着这道门，我却能感受到屋里压抑的气氛，能感觉到两张沧桑面孔上的忧愁。

我的心灵被深深地震撼了，我也不再无视父亲时常强装的高兴和母亲时常忧郁的眼神了。原来，他们一直还对我寄予着希望，一直盼望着我能醒悟。从小我就是一个自负而倔强的孩子，他们很少骂我，或者说不太敢骂我。对我的期望，全部深深地隐藏在他们的内心中，或者在偶尔的唠叨中，只是我一直没有觉察得到，也一直故意躲避。

我难受极了，没有立即就进门去。我一个人游荡在那条冷清的街道上，午夜的灯光照射着我孤独的身影，将我的影子拉得好长好长，仿佛在用力扯痛我的灵魂，想唤醒我那颗沉睡的心灵。于是，我内心中所有的无所谓都消失殆尽，变得彷徨而纠结。

那天晚上，我想了很多很多。

当我披着一身疲惫回到家门口时，门却打开了，我看见了母亲那双红红的眼睛和脸上残留的泪痕。她尽量遮掩自己复杂的表情，只是轻轻地说："夜深了，回房睡吧，明天还要上课呢。"我走进屋里，偷偷地瞄向父亲，他的脸上仍然挂着勉强的微笑。

回到房间里，关上房门，我的泪水再也忍不住哗哗地流了下来，浸湿了我的枕巾。

母亲回乡下后，父亲仍然一如既往地每餐煮美味佳肴给我吃，每隔一段时间就给我足够的零花钱。他仍然小心翼翼的呵护着我。

只是从此，院子里多了一盏深夜不熄的灯。

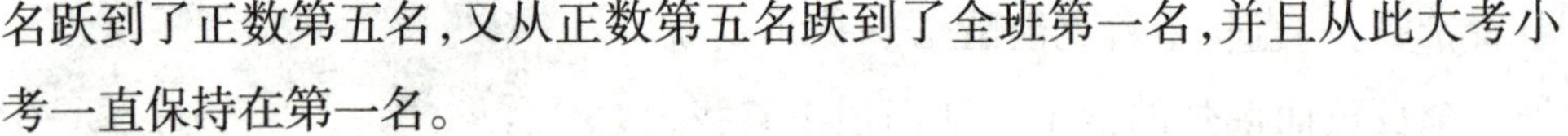

我的学习成绩迅速从倒数第五名跃到了正数第五名，又从正数第五名跃到了全班第一名，并且从此大考小考一直保持在第一名。

我成了我们学校那群文科学子中唯一的本科生。

我终于要远离那扇门去走我的求学路了。父亲和母亲要送我去那个我从未到过的城市。父亲将我的行李提了出来，母亲跟在后面，轻轻地掩上了那扇绿色的门。我忍不住回头看了两眼，那扇沉默的门在刹那间似乎凝满了深情……

日复一日，月复一月，忙碌的大学学习生活，然后是忙碌的在外工作，岁月的流水逐渐冲淡了许多往事的回忆，但那扇门却依然经常闪现在我的眼前。

每次回家，推开那扇绿色的门，总有一张最熟悉的面孔和一双充满慈爱的眼睛等着我。那张面孔上呈现出真诚的笑容。

就这样，一年又一年过去。那扇绿色的门已经很旧了。这时候的我，想到那扇门，脸上温暖地微笑着，眼泪却总是不由自主地淌下来。因为我知道，推开那扇门，我再也看不到那张熟悉的父亲的脸——在我工作数年之后，父亲因为绝症去世了。

可是，无论怎样的时过境迁，那扇绿色的门都将永恒地存在于我的记忆

中。尽管父亲已经不在人世，可是推开那扇记忆的门，屋里有父亲的身影，有我们点点滴滴的往事。

那是一扇绿色的门。

父亲已经不住那儿。

锁已经换了。

可是，我一直保留着那把回家的钥匙。

父爱是一缕阳光，让你的心灵即使在寒冷的冬天也能感到温暖如春，父爱同母爱一样的无私，他不求回报。父爱是一种默默无闻，寓于无形之中的感情，只有用心的人才能体会。

父亲的山歌

卓然客

父爱可以牺牲自己的一切，包括自己的的生命。

——达芬奇

父亲是个壮实的汉子，小时候，与父亲相处的时间总是很少。因为，父亲在二十里的山场砸石头。

山场离家远，每天天不亮，父亲和大伯就出发了。边走，父亲边唱山歌。那时，村庄还是寂静的，歌声在辽阔的夜色中，传得很远很远。“哥哥三月下巢州，妹妹守在村子口。不怪哥哥心眼狠，只怪家里没了粥……”父亲唱得顿挫悠扬，粗犷处，又透着一股苍凉。最耐听的，就是那个尾音，千回百转，若断若续，眼看就要沉寂下去，又忽地一滑，渐渐明亮起来。

歌声在夜色中飘，越去越远。一首歌唱完，那音调就渐渐恍惚起来，最终寂不可闻。说明父亲已经走远了。每当此时，母亲从窗口那边扭过身来，用手抱着我。我眼一合，一会就又睡着了。

后来我上了中学，冬日里，天不亮就要出发。每天早晨，我就和父亲一同出发。父亲总是沉默着。我是多么希望父亲能唱几句山歌啊。但是我不敢央求，对我，父亲一直是很严厉的。行到岔路口，父亲立在那，朦胧的天光中，看我走远了，他才转身出发。而山歌，便会在这时响起。“人家吃肉我吃油，人家穿丝我穿绸。不是娘家多有钱，而是哥哥赛过牛……”歌声优美深邃，在呼呼的风中透着微微的孤寒。我总会在一个田角立住，听着父亲的歌声越飘越远。天边，挂着鹅毛似的一钩月牙儿。映着苍茫的田野上父亲那灰灰细长的身影。直到父亲的歌声再不可闻，我才撒开腿向前跑去，再不跑，可就迟到了。

高二那年,父亲在山上抬石头时,闪了腰。我看到,父亲的身形明显佝偻了。在干冷的冬日早晨,父亲走几步就要咳一声。有时候不凑巧了,父亲就会一连串地咳个不停。在寂静的旷野,那咳声,有着惊心动魄的感觉。父亲佝偻着腰,低着头,使劲地咳,不住地咳。我不知所措地立在一旁,真担心父亲一不小心把五脏六腑一同咳了出来。半天,父亲才停止了咳嗽。抬起头看到我时,父亲明显地把腰一挺。行到岔路口,父亲径直走了,他不再等我走远他再走。若是等我,他就迟到了,他的脚力已明显不如以前。

父亲的山歌声又响了起来,只是夹杂着声声咳嗽。“男人已经……咳……五十多,还要……咳咳……上山抬石头。不是有老……有小,谁肯五更做马牛……咳咳咳咳……”父亲的歌声嘶哑而苍凉,在夜色中,飘得很远很远。他的歌声不再悠扬,再也没了当年的韵味。连那绕梁不绝的尾音也被抑制不住的声声咳嗽所代替。在惊人的一阵阵咳嗽声中,我泪流满面。

后来,我上了大学,离开了故乡。母亲来电话说,父亲为了给我攒学费,干活更勤了。“只是,”母亲迟疑着,“那咳嗽更严重了。”

突然间,我泪流满面,恍然又看到了父亲佝偻的身影,听到了父亲那苍凉的山歌。“男人已经五十多,还要上山抬石头。不是有老又有小,谁肯五更做马牛……咳咳咳咳……”

我们总是感念母爱的伟大、无私,常常忽略父亲为我们所做的一切。父爱,如大海般深沉,如春雨般润物无声。

爹的幸福很简单

积雪草

拥有思想的瞬间，是幸福的；拥有感受的快意，是幸福的；拥有父爱也是幸福的。

——琼瑶

爹来的时候，他正在洗脸刷牙换衣服打领带，司机在楼下等着，今天要开行业会议，他是主持，不能迟到。

爹从门缝侧身挤进来，带着一股凉风，他把肩上的一袋地瓜轻轻地放到门厅的地砖上，洁净清凉的地砖上立刻落上一层泥土，他看见有洁癖的妻子皱着眉头转身进了另外一间屋子。

他清了一下嗓子，说："爹。"

爹摩挲着两只手，有些喘，毕竟年岁不饶人，而且他知道，爹肯定没有坐电梯，而是扛着这袋地瓜，一口气从楼下扛到11楼。爹有些骄傲地说："今年雨水好，庄稼都丰收了，咱家的地瓜个个都有胖孩子的腿那么粗，又甜又面，多吃点，对身体有好处！"

他知道，地瓜的学名其实叫红薯，可是爹不知道，爹只知道每隔一段时间，便背一袋子地瓜从郊区送过来，看着他们收下，然后再心满意足的倒两趟车赶回去。

为此妻子曾数次跟他提出抗议："告诉你爹，不要再往咱家送地瓜了，咱们也不吃，每次都堆在墙角，等着生芽，抽巴，坏掉，然后再背到楼下的垃圾桶里丢掉，浪费了东西不说，你不心疼你爹汗珠掉地摔八瓣，累得骨头都松散了，做那些无用功？"

爹坐在门边的小几旁喝水，他停下打了一半领带的手，看着爹。爹赤脚穿一双胶鞋，裤脚挽得高高的，露出一截并不是十分健壮的小腿，胶鞋的边缘沾了一层泥土，而且胶鞋的前尖有些张嘴，爹不是十分讲究的人，但进城时总会换上一套干净的衣服，这次一定是走得太匆忙忘记了。

他张了张嘴，话到嘴边，又咽了回去。爹看他欲言又止的样子，嘿嘿笑了两声说："你放心吃吧，没事，爹自己种的，保证没用化肥和农药，用的是农家肥，干净，绿色，别舍不得吃，吃完了，下次我再给你送。"

爹说得很大方，很豪情，可是他再也无法忍受，冲口而出："爹，地瓜城里有卖的，早市、农贸市场到处都有，没几个钱，花 10 块钱能买一大堆，您老何必苦巴巴的一趟一趟背着地瓜往城里跑？您不嫌累啊？我们又吃不了多少，您老人家每次背来的地瓜，最后都进了垃圾箱……"

他说得冲动而忘情，回头看爹，发现爹面色铁青，呼吸急促，指着他大骂："你小子有出息了？忘本了？不吃地瓜这种粗粮了？你忘记小时候每次缠着我给你烤地瓜了？"

那是物质贫乏的年代，和现在的多元化时代无法比拟。但是，此刻，他已无法和爹分辩这些，因为爹被他气得犯了心脏病。

把爹送进医院的急诊室抢救，医生说不是心脏病，是急火攻心导致高血压，千万不能再生气了。

那天的行业会，最终他没有去参加，因为爹毕竟只有一个。他天天陪在病床边，给爹讲故事，买好吃的，给爹洗脸擦手，可是，无论他怎样逗爹开心，爹始终一言不发。

无奈，他只好把爹送回乡下老家。爹一回到老家，就去田里看他的那些蔬菜和庄稼，像看他的孩子一样，眼神里写满慈爱，根本不搭理他。

娘说："儿子呀，别生你爹的气，在你爹的眼睛里，那些地瓜都是他的宝贝，没有什么东西能比得上，从春天开始，他就选最好的地瓜，放在暖炕上，用沙子培上，然后浇水，育秧苗，然后再一棵棵栽到地里，浇水，松土，锄草，喂肥，都选上好的农家肥，忙活整整一个夏天，然后把地瓜刨出来，选大小匀称的、红皮的地瓜给你留着，他说红皮的甜、面。"

他听娘讲爹和地瓜的故事，心中像被淋了雨一样，湿淋淋的难受，原来地瓜在爹的心目中是最好的东西，原来爹把他最好的东西送给了他，他却并不懂得珍惜，反而把爹的宝贝送进了垃圾箱。

他去田里找爹,爹正看着那些地瓜的秧苗发呆,他嗫嚅地说:“爹,等我们家里的地瓜吃完了,您再给我们送些吧！”爹的情绪果然被点燃了,瞬间快乐起来,爹很高亢地说:“没问题,爹种得地瓜又甜又面。”

爹的幸福很简单,就是把他认为最好的东西送给他,而他又能快乐地收下。

我们往往不耐烦父母为我们所做的琐事,甚至觉得影响了我们的生活,我们却没有想过父母为我们每每做那些事的心情。

每条路都有不得不跋涉的理由

第五辑 亲情之路唯有爱可以修复

小时候，一直认为家乡是用来远离的，只有远离了家乡才能看清她的美。长大后，真的看清了她的美。再后来，由日日的期盼到渐渐的害怕回去，家乡变得越来越陌生。

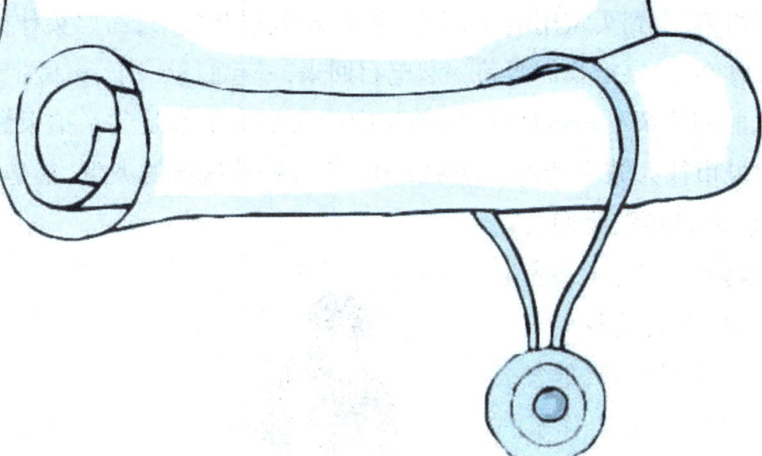

别在父母面前说老

积雪草

世界上有一种最美丽的声音，那便是母亲的呼唤。

——但丁

父亲一连打了好几次电话给我，问我这个周末有没有时间回家，说是有大事要商量。我一听有大事，那还了得？赶紧放下手中的事情回家，有什么事情能比父母的事情更重要？

回到家里才知道，父亲的所谓大事，就是家中的热水器坏了，要买一个新的，所以想和我们商量买什么牌子的好。

换一个热水器居然成了父亲心目中的大事，我忽然觉得有一丝悲凉，从什么时候开始，父亲开始找我们商量事情了呢？家中有大事小情，父亲总会叫上我们姐弟，大到买家用电器，人情往来，小到过年过节，需要买什么东西，准备什么食物，总要把我们姐弟一起电召回来，一起商量一下，再做定夺。

以前的父亲不是这样的，以前家中的大小事情都是父亲拍板做主，无论是从小城市往大城市迁徙、调动工作，还是婚嫁这样的大事，都是父亲一手操办，什么时候跟我们商量过？记得有一年，父亲去上海出差，回来时给我买了一件外套，价钱不菲，他怎么就不怕已经参加工作了的我不喜欢呢？他怎么就不怕大小不合适呢？父亲自作主张买了那件衣服，估计搁现在，他是无论如何再做不出

那样的事情了。

那时候的父亲，意气风发，治小家如烹小鲜，手到擒来，根本不在话下，哪里会瞻前顾后，左右观望?而现在，父亲什么事情都要依赖我们姐弟，就连买热水器这样的事情，也要把我们都叫回家，讨论一下。这件事情让我得出一个结论，那就是，父母都老了。

心情不好的时候，消极沉沦的时候，总爱挂在嘴上的两个字儿就是:老了。头发里发现一根白发，会对着镜子拔掉，一边拔一边说，真的老了。母亲笑，说你看看我？我还没说老呢！

是的，母亲的头发已经白了大半，母亲不言老，我为什么要轻易言老？为人儿女，无论多大年龄，在父母跟前，都没有资格言老。

父母的年龄大了，儿女就是他们的主心骨，是他们的生活重心，是他们精神上的支撑，儿女若言老，将置父母于何地?

小区里有一个阿姨，五十多岁的样子，天天早晨穿大红的运动服，在小区里打太极拳，跑步，做操，旺盛的生命力感染了很多人，远远地看着，比年轻人还有活力。

平常，她喜欢穿长靴，八分裤，围长丝巾，看上去比实际年龄年轻很多，别人都说她“装嫩”，她也不恼，说，本来我就不老，还用得着装嫩?至少我的心理年龄比你们都年轻，不信咱们比一比?

大家都笑，说她像“老顽童”。其实，她说得也有道理，年不年轻，心理因素也很重要，心不老，人就不老，这是很重要的心理暗示。

过了一段时间，看见她推着老母亲在小区的法桐树下散步，长长的丝巾在她的胸前飘啊飘的，老人满头白发，面容慈祥，两个人有一搭没一搭地说着话，间或她会停下来，俯下身去听老母亲说着什么，此时此刻，真的很美，像一幅画一样，像明信片上的风景一样美，温馨时刻，天伦之乐莫过于此吧！

我忽然就明白了她不老的原因,因为她不敢老,母亲还在,她就是一个孩子,她若老了,母亲的精神支撑就倒了,为了母亲,她要永不老,她要一直年轻。

这世间,每一个孩子都是父母的宝贝,可以在父母面前撒娇任性说点孩子气的话,但却没有资格在父母面前说老,永远没有,因为任他是谁,无论如何都老不过父母。

父母在,不敢老。

在父母眼里,我们永远都是孩子,永远充满活力。他们是不是也在我们身上看到自己年轻的影子呢?

母爱绘本让思念“走心”

雷碧玉

母苦儿未见，儿劳母不安

——《劝孝歌》

自从女儿吉吉离开自贡到成都读书后，周艳的心就跟着一起去。每天下班后的第一件事就是等着女儿的电话，汇报在学校的开心事。但是孩子有作业，不能整晚陪着聊，常常是挂上电话，周艳还拿着话筒独自回味。每到周末，周艳更是早早守在电脑前，等着和女儿视频，以解思念之苦。

一天，周艳在整理吉吉的小书橱时，发现里面是一本本从吉吉1岁开始，周艳买给她的各类图书绘本。从《好饿的小蛇》《我们一起来刷牙》再到《跳跳和他的妹妹》《圆的世界》《最棒的便便》……静静的翻阅中，吉吉牙牙学语到学讲故事的画面清晰地在周艳眼前闪现，此刻周艳无法用语言描述内心充盈着的是一种怎样的幸福感。她在心底轻轻地呼唤，宝贝，这个世界因为有了你而多了一抹亮丽的色彩。

突然，书中掉下了一张纸，周艳捡起一看，顿时嘴角上扬。那是3岁时，吉吉涂抹的一张画《我的妈妈》。画中的妈妈披着长长的头发，穿着大花的衣衫，吉吉说这样的妈妈最美。小时候，吉吉喜欢跳舞和画画。每次听完周艳讲的故事，她都会想象着画出故事中简易的画面。树爷爷、青蛙大婶、小猫咪、大笨鹅……虽是简单的几笔，却看出了孩子的用心。

就在此时，一个大胆的想法在周艳的脑海里闪过，何不将自己对女儿的思念和爱用手绘信的方式表达出来，寄给女儿。这样不仅可以让孩子感受到远在他乡的母亲对自己的挂念，也能让自己在绘画的时光中化解对女儿的

万般思念。周艳想到目前吉吉还不认识太多字，只有绘画是最能让她理解的方式了。本身就有绘画底子，字也写得漂亮，所以这简单的绘本对周艳来说也不算难事。很快，她买来纸和笔，开始认认真真，工工整整地绘图写字，将自己对女儿的爱融入色彩斑斓的世界中。

几天后，班主任交给吉吉一封信。吉吉很纳闷：我认字不多，谁会给我写信呢。小心翼翼剪开信封，拿出信一看，吉吉顿时欢呼雀跃。整页信纸是一张卡通画，画面上是一个可爱的小女孩，暖暖的棉袄，厚厚的大红围巾，漂亮的毛线帽，戴着厚手套的小手调皮的插在口袋里，帅气又美丽。画上还配有漂亮的文字，一字一句，读起来是那么的暖心暖怀。

“亲爱的幺儿，天气寒冷，我的幺儿有没有穿暖呢，妈妈自作主张戴上帽子，穿上羽绒服，让我的幺儿变成一个温暖的小棉球。这样就没有冷风可以伤到你……永远爱你的妈妈”想到吉吉有很多字没学过，细心的周艳还在新词的“头顶”上认认真真地标上注音。收到妈妈与众不同的来信，感受着远方母亲的温情，吉吉的心里暖暖的全是爱。

晚上，吉吉迫不及待地给妈妈打电话。叽叽喳喳，开心的话语说也说不完。周艳微笑着听着，内心满是欣慰，更为自己的做法点了一百个赞。从那以后，周艳更是用心地在画上下功夫，用爱心勾勒出一幅幅充满温情的漫画，爱的绘本就这样源源不断地寄给了远方的女儿。绘本的内容更是包罗万象，从鼓励学习到多交朋友甚至多喝水等生活细节。

“幺儿，最近你参加舞蹈比赛准备得很辛苦，也获得了好成绩。妈妈虽然没有陪在你身边，但一样感觉到了你的努力和收获的快乐。”

“我们家最近有喜事了，童童小猫咪要升级当爸爸了……”

“幺儿在学校里要多交朋友，要多帮助其他同学，要学会分享，感受分享的快乐。妈妈希望你自立，希望你的世界永远快乐。”

到目前为止，周艳已经绘制了50多封图文并茂的书信，把思念和爱带到吉吉的手里和心里。

母爱绘本让思念“走心”。在如今微信短信满天飞的年代，那些车马慢，书信远的日子已经成了“古董”，而有这样一位平凡的母亲用一种有温度的方式，拉近了与孩子的距离，表达了自己最平凡的母爱。一封封“走心”的绘本，绘出了母亲浓浓的思念，深深的爱。

在这个网络时代，我们已经没有了静下心来给父母写上一份寄托思念的信了，甚至有时候连短信都懒得发了。我们觉得那些已经过时了。但在母亲的眼里表达爱的方式永远不会过时。

天鹅飞过孔雀河

舞若夕

锦城虽乐，不如回故乡；乐园虽好，非久留之地。归去来兮。

——华罗庚

它的名字是眺望

晚上七八点的时候，姥姥总是要提着小布袋去“金三角”走一圈，有时我会同她一起去转转，听她用带着浓重四川口音的普通话跟我说：“现在的羊肉越来越贵，都65块钱了啊！”

姥姥说的是公斤。我在新疆长大，算公斤早就成了习惯，乃至于就算已经在外省生活多年，听到斤的说法还是会略微皱眉，一定要换算成公斤之后才能反应过来。

但更多的时候姥姥会一个人出去，窗边落日余晖斜斜地照进来，能看到空中漂浮的细小尘埃，上大学后，少数的归家日子，我都会站在窗边，看姥姥瘦小的身影越来越远，然后微微叹口气。她老了，背也渐渐驼的厉害。

不知怎的，总感觉像是换了身份，少时来姥姥家玩儿，妈妈给我扎一头的辫子，蹦蹦跳跳地过来，姥姥总是会在窗边看着，提前把门打开，给我摆一双小拖鞋在门口。姥姥向来手巧，拖鞋都是她自己做的，专门给我做的那些粉色的拖鞋，大大小小很多双，都齐齐地摆放在鞋柜里，仿佛在等我长大。那时姥姥在窗边喊我：“幺儿！”我抬头，看到她笑容满满。

新疆天长，即使是冬天，晚上七八点也是一片亮堂，夏天的时候更是夜里十点才会完全天黑。姥姥出去的时间不长，不到一小时就会回来，小布袋去的时候是空的，回来时也不会装太多东西，偶尔买东西，也都是给我买的零食。

我看着她越来越近，忍不住喊了声："姥姥！"她在楼下听到，抬头对我笑："幺儿，我回来了。"

看到她的笑容，我的心便安定下来，突然想起这座城市的名字：库尔勒，在维语里，库尔勒是"眺望"的意思。

"眺望"一词，终归和等待、向往相连，多少人在窗前，等归家的人，盼想念的人，向往着走出这里之后的时光。多少人如愿以偿，多少人一直无法实现。

这里从来没有孔雀，只有天鹅

库尔勒市并不大，一条孔雀河贯穿全城，直到今天我仍然不知道这条河为什么要叫孔雀河，因为自小我在河边走，就没有看到过孔雀。倒是每年都会有不少天鹅。说也奇怪，天鹅以前一般是三月底才飞来，这些年似乎越来越早，2013年过年晚，二月下旬时，走过孔雀河已能看到一大群的天鹅和野鸭，在已经开始化冰的河面兴奋地游着。

那时我也有一年没回来，便也停下来看，学其他人模样拿手机拍起照，每天定时定点有人给它们喂吃的，分明是野生的动物，此时竟被培养出了家养的习性，听到哨声，便成群结队地往喂食的地方去了，旁边有小孩子问："爸爸，天鹅也喜欢吃馕吗？"我听到这样的回答："是啊，入乡随俗嘛。"

是了，在这里，馕是必不可少的东西。小时候我的早餐基本都是奶茶泡馕，库尔勒的老市政府还没搬之前，附近有一家馕坑，卖馕的维吾尔族大叔一脸络腮胡，不爱说话也不爱笑，但他卖的馕，很多年都没涨过价。

小时候妈妈牵着我的手走过孔雀河，指着天鹅对我说："它们啊，这一辈子只认定一只天鹅，一旦成为夫妻，便永远守护另一半。即使雌天鹅死了，雄天鹅也不会再和别的天鹅在一起。"

那时我年龄尚小，不懂什么叫一生一世一双人。只是在后来，谈起懵懂的初恋，和他一起走在三月的孔雀河边，我学着文艺少女，和他说我所知道的关于天鹅的一切。他听到这里，轻轻握住了我的手，对我说：我们也会的。

当然没有。

年少的诺言是当不得真的，但当时心里的悸动也绝非虚假。牵手的那天夜里我回到家，被他握过的手良久都隐隐发烫，我想着他的笑，然后一直脸红到天亮。

现在回想起来，他的容貌竟然已经不再清晰，印象最深的，是那天我靠近孔雀河边，蹲下身想更靠近某只天鹅，它却嗖地一下飞远了。

像我彼时自以为的爱情，像我远去的年华，像我童年的蓝天。

当年我们一心想要离开，现在却怎么都想回去

大学，我离开新疆，到了武汉。武汉到乌鲁木齐，三千七百公里，火车四十多小时，飞机四个半小时。在乌鲁木齐转古老的绿皮火车，十二个小时之后，终于能够抵达库尔勒。

我不知道是不是所有新疆的汉族孩子都和我一样，祖辈是从全国各地响应“援疆”的号召来到这里的，不少都在生产建设兵团里，扎根发展任劳任怨。然后弹指五十年，荒漠真的变了良田。在城市的街头巷尾，随处可见宣传标语：只有荒凉的沙漠，没有荒凉的人生！

在我们长大的过程中，总是会听到一个词：内地。是的，和港台那边的人一样，我们把大陆除了新疆以外的地方，叫作内地。

高考报志愿时，全班百分之八十的都填了疆外的学校。“能去内地上大学，干吗留新疆啊？”我的同桌这样对我说，我点头如捣蒜。

那时，我们总以为外面的世界更精彩，那个被我们称为“内地”的地方，文明、先进、发达……总之，美好的像人间天堂。我们那样年轻，一心想去外面的世界看看。我们高估了“内地人”对新疆的了解，他们不知道在新疆普及的是普通话，汉族很多，说普通话的少数民族也很多。大一刚到武汉时，还有人问我：“你们是不是真的骑马上学啊？”

真的去了之后，所有人都不同程度地失望了。

很难解释这种失望，却并不难理解。就像你离开一个人，想起来的基本都是他的好，戒不掉的都是和他一起时养成的习惯，如果身边出现别人，你总是

会不自觉地去对比。离开一座城则更甚，在武汉的每个白天，我都想念库尔勒的蓝天白云，在武汉那些个看不到星星的夜晚，我就会回忆以前上晚自习时夜空中的繁星点点。

其实我最怀念的，不是孔雀河吹来的微风；不是大盘鸡、拉条子、烤羊肉串；甚至不是那最正宗的库尔勒香梨……我最怀念的，是库尔勒的干净。

武汉的街多数很脏，后来我辗转去过很多城市，西安、郑州、甚至广州、北京……都一样，我再也没有见过一个城市，能像库尔勒那般干净，哪怕是专门摆摊卖菜的小巷，也干净得出奇。

应该算是铁血政策的功劳？早在1997年的库尔勒，你随手丢垃圾，就会有戴着红袖标的人出现，罚你十块钱。一个冰棍1毛钱的1997年，被罚十块钱，是一笔不小的损失。只罚了那一次后，在任何一座城市，妈妈都没敢乱丢过垃圾了。

最盼归家，却也最怕归家

2012年，武汉玫瑰音乐节，听说许巍会参加，我和男朋友一起早早赶去沌口体育馆，等到夜里九点多，许巍终于出现，一口气唱了十首歌，我在下面热泪盈眶，却还是有些失望，因为我最终没有听到他唱那首歌。

《家》，我爱这首歌，也恨这首歌。只因那一句歌词：如今我对自己故乡，像来往匆匆的过客。对我这种大学时一年回来两次，工作后一年回来一次都奢侈的人来说，这句话有多真实，就有多残酷。

如果坐火车回家，过了嘉峪关，就觉得离家近了，进疆之后，经过最大的风力发电站，经过吐鲁番、哈密以及所有我耳熟能详的城市，再坐火车或者汽车，我就能到达库尔勒。每年似乎都在盼着那几天，可真正要回去的时候……却又怕得厉害。

因为每一次回去，库尔勒都变了很多，这些年，新挖了两条河，准备搞三河贯通，甚至已经有了游船。我的家乡一心一意地建设山水梨城，我却对它越来越陌生，除了人民广场小康城金三角，我所熟悉的地方似乎都在渐渐离我远去，或者说，我渐渐离它们远去了。

忘了说，那个跟我说要去内地上大学的同桌，因为填报志愿被拒，最后留在了新疆的一所大学，在玫瑰音乐节的那天，我又热又困，等的无聊，给她打长途电话。我说今天等许巍，白天的高温像是要把我烤熟。她的声音越过几千公里，翻山越岭跋山涉水而来："这里热啊！不管怎么我还是觉得，你们能出去，多好啊！"

直到这时我才明白，原来围城，无处不在。

它再也不是我的城

我曾经以为，库尔勒是属于我的城市，即使我去了远方，即使我每次都来去匆匆，它也会永远属于我。

直到 2013 年 9 月，我到达郑州，有认识多年的网友请我吃饭，可我没想到，他带我去的地方，竟是一家"老狼大盘鸡"。席间我没怎么说话，他问我是不是味道不正宗，我摇摇头："不是。"

在那家店的墙上有很大的字，写得分明：老狼大盘鸡是来自于新疆库尔勒的大盘鸡品牌……味道其实真的差不了太多，可我嘴里的土豆，竟那般难以下咽。

夜里，姥姥跟我说："幺儿啊，西瓜又涨价了，现在六毛钱一公斤哦！"

我没有告诉她，六毛钱一公斤而且又甜又大的西瓜，在所有我知道的地方里，只有新疆有。在武汉在西安在各个城市都能见到的打着"库尔勒香梨"牌子的香梨，没有一个，味道能比得上我年幼时上树去摘的。

可这座城，再也不属于我。

小时候，一直认为家乡是用来远离的，只有远离了家乡才能看清她的美。长大后，真的看清了她的美。再后来，由日日的期盼到渐渐的害怕回去，家乡变得越来越陌生。

亲情之路唯有爱可以修复

冯志普

家庭应该是爱、欢乐和笑的殿堂

——木村久一

把留守老家多年的女儿接回身边，这才发现，亲情的修复之路，竟然如此漫长……

留守的岁月，改变了女儿

婚后不久，我和老公就去北京谋生。

2000 年冬，我们有了一个可爱的女儿。2005 年，二女儿也出生了，当时我们做着一份养家糊口的小生意，无暇照看两个孩子，只好让婆婆把大女儿带回老家。

就这样，4 岁半的大女儿开始了她的留守生涯。那段时间，我整天以泪洗面，每做一个噩梦就会不由自主地想到女儿，于是胆战心惊地给婆婆打电话。婆婆总会告诉我说，女儿很好，还让我尽量少打电话，因为那样只会让女儿更加想念我们，反而难以融入新的生活环境。

后来我才得知，婆婆所谓的"很好"其实都是安慰我的话，女儿刚回老家时一直哭闹。面对陌生的环境、陌生的人、陌生的语言，一个只有 4 岁多的孩子所承受的痛苦，恐怕是我们成年人无法想象和理解的。更要命的是因为水土不服，女儿身上一年四季都长满黄豆大的水泡，奇痒难忍。每次回老家接女儿，看着她满身结脓的水泡和疤痕，我都心疼得直掉眼泪。说来也奇怪，那些在老家吃药打针都治不好的水泡，回到北京一礼拜就好得干干净净。为了尽可能让女儿少受罪，老公按照房东大叔的话，去野外弄了好多土带回老家。听

婆婆说,女儿喝了用那些土熬的水就没事,一停,水泡就会又起。

最让人担忧的是,原本活泼的女儿变得越来越不爱说话。寒暑假接她过来,却再也看不到她往日的欢笑,脸上总显露出与年龄不符的忧郁,让人看了又怜又疼。

有一次,我问女儿在学校有没有小朋友欺负她,女儿说有。我问她告诉老师没,她说没。我又问她告诉奶奶没,女儿还说没。我心疼地问她:“为什么受人欺负了不告诉大人呢?”女儿脸上掠过一丝不易察觉的委屈与失落,而后闷闷地说:“我只想告诉妈妈。”简短的一句话却让我刹那间泪流满面。我傻傻的女儿啊,那时的妈妈在千里之外,就是想保护你也够不着啊!

2007年,我们居住的地方拆迁,正好老公在河南新乡的朋友想让我们帮他看店,我们就在离老家100公里的新乡安顿下来,老公在朋友的店里上班,我则开了一家通讯器材店。那时的我正怀着儿子,二女儿还不满两岁,苦于照看不过来,一直也没能把大女儿接到身边。

真正让我痛下决心接女儿回来,是2009年我过生日那天。叔叔做了一大桌子的菜,本来一家人都很开心,可中途女儿却哭了起来,问什么也不说,急得我们都没办法。最后女儿才说是因为我们第二天要回新乡,她不想让我们走,还说有一个同学老欺负她,她都不想上学了……

喝醉的老公听完女儿的哭诉,非要带着她去找那个同学的父母打架。我第一次见老公哭得那么伤心,我知道,那是他在宣泄对女儿深深的爱与内疚啊!叔叔也对我说:“接走吧,再难也得把孩子留在身边。你们不知道,有好几次我都看见她一个人躲在墙角发呆,问什么都不肯说。孩子现在都变成什么样了,刚来的时候多好啊!再这样下去,孩子都有可能得自闭症,没有父母在身边哪有爱啊！”说着叔叔也哭了。我深切地体会到了什么叫作撕心裂肺！于是暗下决心，无论有多艰难，也一定要尽快把女儿接到身边。

团聚并没让女儿感到快乐

就在那年暑假，我不顾公公婆婆的反对，执意把留守在老家4年多的女儿接到了身边。我做梦都祈盼的团圆终于实现了，本以为这样就能好好弥补对女儿的亏欠，可后来发生的一些事，却让我发现自己的想法是多么幼稚。

失而复得的母爱并没有让女儿感到幸福，相反，女儿的性格变得叛逆。她根本就听不得我夸奖妹妹，每当我称赞小女儿乖巧或者聪明时，她就会显得格外抵触，总会冷冰冰地甩给我一句：“那你把她也搁老家4年半，看她还会不会这样！”女儿总是认为，我心里只有妹妹和弟弟，无论我怎样努力，仿佛都焐不热她的心。

记得有一个礼拜天，我让她带着弟弟妹妹在楼上写作业。一会儿二女儿就哭着跑下来了，说姐姐抓她。看着小女儿手上那几道明显的血痕，我气不打一处来，上去就把大女儿打了一顿。没想到任我怎么打，她都倔强地一声不吭，这更激起了我的怒火。我问她为什么打妹妹，她说是妹妹先把她的作业本弄脏了，我听了更加生气：“就因为这么一件小事儿，你就下手那么狠？哪有一点姐姐的样子！”女儿哭着大声说：“我讨厌你，你为什么老向着她？明明是她的错，你还打我，我恨死妹妹了，才不要当她的姐姐。如果当初不是因为她，我就不会被送回老家，就不会受那么多罪了！”

原来，在女儿心里，妹妹成了害她留守的罪魁祸首。后来我发现，只要弟弟妹妹因为一件小事惹了她，她就会把他们狠揍一顿，无论我怎么说都无济于事。而每当看到我对小女儿和儿子表示亲热时，她总是一言不发，要么就是转身离开。于是我明白了，在女儿心里，留守带给她的积怨真的是太深了，恐怕短时间内根本无法冲淡。

一天，女儿的积怨像火山一样爆发了。我清楚地记得，那是一个没有月光的晚上，也是因为一件小事，她打了妹妹。我说了她几句，她竟然大声与我顶嘴，我很生气地让她出去，没想到她真的打开门冲进夜幕中。刚开始我以为胆小的女儿躲在家附近，害怕了自然就会回来，直到半个小时过去了，还不见她的踪影，我才慌了神，和老公分头去找，最后终于在一个公厕里找到了正在啜泣的女儿。

看着泪迹满面的她蜷缩在那里，我又气又疼，便拉她跟我回家。可女儿执拗地甩开我的手，任我怎么哄，就是不肯回去。气急的我伸手打了她一耳光，谁知女儿竟然发疯似的说："你打吧，反正从妹妹生下来那天起，我就没有母爱了。你知道我在老家是怎么过的吗？没有人疼没有人爱，想你的时候只能一个人偷偷地哭。别人欺负我，我不敢说话，因为在所有人眼里都是我的错！好不容易回到你身边了，可你爱我吗？你搂过我睡觉吗？只有一次还是因为我生病了！还有，妹妹寄宿一礼拜不回来，你就成天念叨，我在老家 4 年半，你怎么就想不起我呢？我早受够了！你知道我现在认为最快乐的事是什么吗？那就是死！因为我想看看灵魂到底长什么样……"

一席话让我呆在原地。这是一个 9 岁的孩子说的话吗？是怎样的一种精神折磨，竟然让一个年仅 9 岁的孩子开始向往死亡？也就在那时，我才悲哀地意识到，当初让女儿回老家是一个多么错误的决定！而我对小女儿的袒护，对她又是怎样的一种刺激与伤害！

漫漫修复路

从那以后，我总是时刻照顾女儿的情绪，尽量不再当着她的面表扬小女儿，每当她有一个小小的进步，我都会由衷地夸赞。为了让她得到更好的教育，我们花高价让她进了实验小学。

无论在生活还是学习上，我都尽可能多关心她。记得有一次，女儿放学回家郁郁寡欢，我想她肯定是在学校遇到了不开心的事，于是问她怎么了。女儿还没开口说话，眼泪就流了下来。从女儿断断续续的叙述中，我知道了事情的缘由：还是因为女儿身上因水土不服而起的水泡，这本来是件很正常的事，却被女儿的新同桌说成女儿得了传染病，并在班里大声宣扬，还不让同学和女儿玩，结果，惹得一个班的学生看见她就躲……

我听了很生气，直接带女儿找到她的班主任，跟老师说明了缘由。老师立即让那位学生给女儿道歉，并在全班说明事情的真相。第二天看女儿回来满脸的微笑，我就问是不是大家不再躲着她了？女儿开心地说，同学们又都和她有说有笑了。我趁机告诉她，以后无论在学校发生什么事，都要第一时间告诉老师和家长，只有这样才能尽快解决问题，也才可以更好地保护自己。女儿听了，认真地点了点头。从那时候起，无论在学校发生什么不愉快的事，女儿都会回来说给我听，而我也会很认真地帮她分析，并让她尽量自己去解决。

如今女儿已经 11 岁了，看着她一点点转变，我打心底感到高兴。我知道，想要修复与女儿的亲情，还有更远的路要走。而我，会用爱和呵护，让这条路变得更短、更温暖。

但丁说，世界上有一种最美丽的声音，那便是母亲的呼唤。没有了母亲的呼唤，心灵是冷寂的。对于孩子来说，母亲的关爱和陪伴远远大于一切物质给予吧。

先有兄，后有妹

念初

真实的十分理智的友谊是人生最美好的无价之宝。

——高尔基

1

他比我大3岁，小时候因为家庭情况我们分开了，他在爷爷奶奶家长大，而我在出门做生意的父母身边长大，在他6岁读书的时候，我和爸爸妈妈从外地回来了。他就是我的哥哥。

我和他的故事也就开始了。

在我6岁，他9岁的时候，我们虽然相处了三年，可是依然不能如邻居家的兄妹一样其乐融融。我们很客气，但大多数的时候不爱待在一起。我总是看见他对叔叔家的妹妹百般呵护，分好吃的给她，背着她玩，让她一遍又一遍地叫他哥哥。却唯独不会对我这样。我想他喜欢妹妹。只是不喜欢我这个妹妹而已。

有一次，我听见他对叔叔和爸爸妈妈说，可不可以把我和叔叔家的妹妹互换一下。所以，我清楚地知道，我的亲哥哥不喜欢我。

那一天是星期五，刚刚放学时他告诉我，想踢足球，差一个守门员，问我要不要当守门员？我很内向，所以在班上没有什么玩伴。看着哥哥身边的几个小伙伴，我鬼使神差地点了头。他对我说，没事儿，不会玩儿也没事，守门员只要看着球，不要让球进球门就可以了。我很听话，在他们踢得火热朝天的时候，专注地盯着球，生怕它会消失。当它靠近我的方向，又很激动，很紧张。就像上课被老师点名回答问题一样。

可是，足球并没有因为我的紧张而对我格外开恩。它像我飞速前进，带着力量和速度。我脑子一片空白，只记得他说，我当守门员，主要看着球，不让球进，就可以了。当时的我，站在宽大的球门前，显得格外渺小。却不知哪儿来的勇气，竟然用单薄的身体去挡住那颗带着泥沙飞来的足球。

也就是这一刻，比赛结束了。我们赢了。

可是，我的手却骨折了。他回家被妈妈狠狠地收拾了一顿。再三叮嘱他，不要带我玩男孩子的危险游戏。从这次以后，他再也没有提过换妹妹，但是也不愿再带我一起玩。

2

在我 9 岁，他 12 岁的时候，我们没有那么生疏了。我有做不出来的题，总是捧着作业闯进他的房间大呼小叫，让他教我。他总是骂我笨，一边骂我是豆腐脑，一边不厌其烦地教我。生怕我连阿拉伯数字都不认识，把答案和计算方式在纸上写得极为仔细。

那时候我们也像我的成绩一样，时好时坏。爸妈总是因为一些大事小事不停争吵，我看见爸妈吵架，总是默默地回房间，锁好房门，不停地掉眼泪。我有试过劝架，但他们总说，大人的事，小孩别管。但哥哥不一样，他总对在争吵中的爸妈，火上浇油："没事儿，你们吵，吵得不过瘾，可以用砖头和菜刀来比个高下。你们吵离婚了正好，我和妹子正好可以拿两份钱。"我想不通为什么父母听到这样的话，就保持沉默，或者哭笑不得。我只知道，只要哥哥在，爸爸妈妈吵架就没有那么害怕了，因为他总有古灵精怪的办法，让看似水火不相容的他们，在顷刻间，冰释前嫌。

记得有一次，他们吵得特别凶，我躲在家门口不敢进去，他回来看了看，就说，我们去奶奶家。我跟着他去了那个离家有半小时车程的地方。一路跟着他，我们都没有说话。直到我感觉好累好累，腿部僵掉，除了走路没有其他反应，他才转过身，背对我，弯下腰说，烦死了，就知道你是个拖油瓶，上来，我背你！

看了看面前这个比我高一个头的哥哥,我爬上了他的背。我记得这是他第一次背我。我感觉,其实哥哥也没有那么糟糕。

到奶奶家的时候,已经天黑了。爸妈也因为在奶奶那儿找到离家出走的我们,明白了点什么。

从那时开始,哥哥似乎用这个方法彻底化解了争吵。我就知道哥哥很聪明,对付爸妈的坏情绪,最有一套。

3

在我 12 岁,他 15 岁的时候。我们家庭环境好了许多。爸妈有了很好的相处模式,没有了争吵。我和他也会偶尔开下玩笑,说说看见的趣事,逗爸妈开心。我因为家里的原因,渐渐熟悉这个城市,开始变得开朗乐观。

他也喜欢带我去朋友家玩。对别人说,这是我妹妹。他的朋友,有夸我漂亮的,有夸我乖巧的,他总是厚着脸皮说,也不看看他哥哥是谁,我总调侃他说,脸皮是铁做的,厚得快坚不可摧了。

那个时期的我,会趁他不在,偷偷溜进他的房间,翻翻他的书,看看他的小玩意,当然,也会偷看一下小女生给他写的信。里面的开头总是三个字,见信佳。

我一直以为这是一个女生的名字,和很多杂志上出现的一个名叫“佚名”的神秘作者一样,太让人好奇。

直到有一天,我才鼓足勇气问他,哥,见信佳是谁呀?漂不漂亮?

他睁大眼睛看着我,忽然狂笑不止。片刻后,他气喘吁吁地说,笨蛋呀你,见信佳是一个礼貌用语，就是说，希望打开信的你，安好无恙。

我听了以后，从此，不提信这个字。总是怕他想起来，又拿来嘲笑我一番。

4

在我 15 岁，他 18 岁的时候，我很不喜欢待在家里和爸妈聊天。因为他们总是有说不完的叮嘱，训不完的话，总说我这样不好，那样不对。总在告诉我，好孩子应该要怎样怎样。所以越来越讨厌他们的唠叨。只要放学一到家，就在房间窝着看书，听音乐，或者发呆，除了必须出房间门，不然就一直在房间呆着。

妈妈总说，你这样待在房间里不怕闷出病来，在这个时候他会反驳妈妈笑着说，你们这些人真奇怪，她出去玩，你们说她不像女孩子，她好好待在家里，你们又说她会闷出病。你要人家怎么办？

然后爸妈就没有再过问我要不要出来了。

记得有一次，我待在房间里看电影，由于看得太开心，太专注，没有注意到爸妈叫我，爸妈就来用力敲门，把门打开，妈妈气冲冲地进来，一迈进来就在那里数落，你的房间那么乱，一点不像女孩子的房间，这样的房间也只有你愿意待着不出来。

我听着听着便生气地冲了出去，刚把自家大门打开，他刚好回家。看我满脸泪水，怒气横生的样子，一把就拉着我往回拽，我死命地边甩边前进，我吼道，放开我，我受够了，我不想待了，我要出去！一副大义凛然慷慨赴死的样子，颇有壮士一去不复返的豪气。

后来……你猜怎么样？

他死拉硬拽地把我拉回沙发，用皮带绑着我，还随手拿了一样东西塞我嘴里。

“报告！罪犯已经带到，恳求首长发落！顺利完成任务，要杀要剐由首长指定！”

我当时才知道，什么叫哭笑不得。就这样，我离家出走失败了。大举的抗议旗帜也倒下了。我气得三天没理他，没和他说过一句话。想知道为什么吗？因为他塞我嘴里的东西，是一双没洗的臭袜子。

5

在我 18 岁，他 21 岁的时候，我依然在念书，而他已经开始工作。开始穿西装，打领带，穿黑亮又庄重的皮鞋，没有像以前那样，在镜子前端详自己，夸自己帅，穿得花花绿绿。也很少会拉着我讲一些爸妈不知道的小秘密。也不会再让我掩护他，私自偷溜家门，跑去网吧，天昏地暗。

更不会一边聊天一边等我自习回家。我以为我们又回到以前那样，每次回家都很少看见他，即使看见，他也是轻描淡写地说一句，妹子，好好读书，就匆匆离开。

很多个晚上，都很晚回家，偶尔忘带钥匙，打个电话让我开门，说一句快睡吧，很晚了。就这样，我们进了两个相同的门，却不同的世界。他在他的房间里，我在我的房间里，似乎又回到了老样子。没有太多语言。

有一天，下晚自习，结伴而行的朋友在红绿灯分道而行。我像往常一样闷着头，大步流星往家赶。抬头，忽然看见前面不远处隔壁班的男生被三四个小流氓围住了，而他旁边满脸惊惶的，正是我的同桌。

我跑向前，着急地问她，你们怎么了？她哭着说，他们要打架，怎么办？我估计是脑袋进水了吧，体重不过 85 斤的我，竟然在一群红头绿发的小流氓面前嚷嚷得跟唱青藏高原一样。

当我冲到小男生面前，正准备大干一场的时候，他忽然出现了，如从天而降，也不知道从什么地方冒出来，扯着嗓子大声吼道：你们在干吗？你们想对我妹妹干吗？不想活了吗？

我被他那么大的吼声吓到了。他的狮吼功，引得周围一片狗吠，就连背后小区的声控灯都全亮了。那是我第一次见他这样生气。他推开那几个男生，把我从人堆里揪出来护在身后，那些比他还高一个头的男生，瞬间没了气势。我躲在他的身后，突然有种恍若隔世的感动。

接着，爸妈从车上跳了下来。然后，他们一溜烟跑了。

接下来的几个晚自习，爸妈都接送我回家。他也在。

6

我21岁，他24岁的时候，由于工作原因，他离开了家。去了很远的昆明，我们不再联系。偶尔会在节日的时候发一条祝福的短信。他和爸妈的关系疏离了一些。因为从小到大，他从不听从爸妈的安排。不愿意应征当兵，不愿意朝九晚五地做个打工族，他想做他喜欢的事，他相信他和别人不一样。爸妈不支持，因为我们家都是本本分分的农民。我懂他，也相信他。虽然我不能为他做什么，但我知道，只有我守着家，帮着爸妈，就是对他最大的支持。

有一次，他回家，爸爸很生气，说他白眼狼，离父母那么远，做的都是不安稳的事情。他很难过，更多的是生气，他和爸爸吵架了，很严重。在我印象里，他乐观，厚脸皮，对爸妈一再的耐心，可是这一次没有。爸爸打了他一嘴巴。他摔坏了他的手机，踢坏了家里的凳子，像个暴躁的小野兽，冲出家门，狂奔在茫茫的寒夜里。

我穿着单薄的衣服，跟着他狂奔，我知道他在哭，因为在他12岁，我9岁那年，那个爸妈吵架而我们离家出走的傍晚，我见过他同样的背影，当年默默跟在他身后的我，既没有问他为什么哭，也没有问他前方的路还有多远，正如很多年后的此刻，笨拙的我，依旧不知道该如何才能化解他内心的悲伤，我只能像小时候一样，默默地跟着他，陪着他，让他可以在偶然疲惫的回头间，瞥见始终在他身后的妹妹。

刺骨的寒风中，他的奔跑的速度越来越慢，直到气喘吁吁地弯着腰，站在大马路中央回过头看到同样狼狈不堪的我。

他忽然暴跳如雷地跟我说："你跟着我干吗？烦不烦？"

我同他般喘着气想把呼吸抚平到正常频率："哥，我们回家吧，我们都穿得好少，有点冷呢，等下次穿得多一些再跑出来，好不好？”

他这才注意到我单薄的衣服和迎面扑来的寒气，语气也稍微温和些：“要回你自己回吧，我不想回去。”

他非常沮丧地盘腿坐在大马路上，我陪着他坐下来，絮絮叨叨地说：“哥，你真傻，小时候你告诉我的真理你都忘了吗？跟大人吵架，吵赢了要被打，吵输了要被骂，所以一定要聪明。我看你这次，就不太聪明啦。”

他没有说话，无聊地看着我们在路灯下的影子，我也静静地看着。

那一夜，在记忆里我们的影子被拉得好长好长。他的影子总是比我的长，我阴阳怪气地说：“哥，你也没有比我高多少，怎么你的影子在黑暗的灯光里显得比我长很多？”。

“废话，因为我坐在你前面一些，你在我的后面啊！不知道你这智商是怎么当我妹妹的”

我小声嘟囔着：“能怎么当？老妈先生下的你，后生下的我。”

兄妹之情是我们来到世上收获的第一份友谊，在成长的岁月里，这份友谊因误解而摩擦，因为摩擦而彼此了解，因了解而深厚，因深厚而真挚，因真挚而美丽。

那些暖，无声流淌

王举芳

我相信家庭与外界是决然不同的，它可以充满爱，关怀及了解，成为一个人养精蓄锐的场所。

——[美]萨提尔

小时候，父亲在贵州工作，母亲每天要下地，我便成了外婆家的常客。

记忆中，那是个秋天的夜晚，天黑了母亲还没有来接我。外婆点起煤油灯，我缠着外婆讲故事。外婆拿来针线簸箕，一边纳鞋底，一边用细柔的声音说："从前有座山，山上有座庙，庙里住着一个老和尚，还有一个小和尚……"

微风拂过，煤油灯的火苗左右摇曳，我的眼睛一闪一闪，看看外婆，外婆的眼睛里也有两汪光泽在闪烁。

灯芯短了，光显得黯淡了。我拿起外婆手边的针，学着外婆的样子想把灯芯挑长拨亮一点，火苗子一下子跳起来，吓得我一头钻进外婆的怀里。

外婆搂着我，轻轻拍着我："不怕不怕，那是灯在感谢你呢，你看它现在多亮，它感谢妞妞帮它亮起来呢，你看，它好像在跳舞给你看呢。"我望着灯火，果然，那灯火摇摇摆摆的，像是在跳"迪斯科"。我笑了。

橘黄色的灯光把外婆的身影映在墙上，好大好大，覆盖了整面墙。灯火微光，映照着外婆脸上那些深深浅浅的皱纹。白色的麻线在外婆瘦削的手中来回穿梭，鞋底上早已布满了一行行、一列列整齐而斑驳的印迹。我又缠着外婆讲故事，外婆笑着，轻轻讲起："在很久很久以前，有一个不幸的孩子叫牛郎，父母双亡，他和哥哥分家只得了一头老牛……"

"那后来呢？"我总是担心七仙女丢下自己的孩子。"后来鸟儿搭桥，让牛郎一家团圆。”外婆笑着摸摸我的头。“那个天上的王母也是外婆,咋那么坏呢? 我的外婆最好。”我又投进外婆的怀里。

“不是王母坏,是人和神仙不是一路人。等你长大了就懂了。”外婆放下针线,把我揽起来。

外婆的怀抱真暖和,我不知不觉睡着了。

2

上中学的时候需要住校,一个星期才能回家一次。

星期天早上还没起床,就听见母亲在厨房里叮叮当当地忙活,饭菜的香夹着疼爱的味道,勾引着我的味蕾,睡意全无,穿衣起床,顾不得洗漱,直奔厨房,饭桌上的咸肉粥升腾着暖洋洋的热气,我舀一勺吸溜着喝入嘴里,顿时,满嘴萦绕熟悉的香。

那些咸肉,是父亲用在单位省下来的伙食费买来的,母亲用最少的食材,做出尽可能多的食物,她自己却很少吃,只笑着看我们吃。仿佛我们吃得开心,便是她最大的欢愉。

她用那些在田地里长出的普普通通的时令蔬菜或者野菜,炒制成独到的特色小菜,让我们的清苦岁月,增色生香,吃得贴心暖胃。

那个早春,我生了病,对任何食物都没有食欲。看我日渐消瘦的脸,父母很着急。那一天,我随便说:“不知道苦菜长出来了没有。”

母亲让父亲照顾我,自己走出了家门。

直到天擦黑,母亲才回来,头发凌乱,满身尘土,原来她去挖苦菜了。她与父亲轻声说:“今春冷,苦菜还没长出来,真难找,我几乎是趴在地上才能看到它们的一点点痕迹……”我的眼泪不自觉地流了下来。

那一盘清炒的苦菜,我吃得津津有味,胜过那些绝顶的珍馐。

父母的爱,如桌上饭菜的热气一般,蒸腾弥漫,温暖着所有凄苦的日子。

3

结婚时，他说："我也许给不了你优越的生活，但我会永远做守候你的那盏灯。"

那时，我们租住在一个农户家里，房子很小，只有小小的一间房。

下班归来，常常是暮色深浓时。拐过街口，我就开始张望，看看那间小屋有没有亮起灯盏。只要那盏灯亮着，心里便有温暖流淌，驱散夜色的寒冷。

有一段时间常常加班到深夜，他嗔怪道："能不能不那么拼命工作啊？"一双手伸过来，将我的手安放进手心，我的手如鸟儿那样栖息在他掌心筑成的巢，顿觉温暖踏实，岁月安稳。生活的艰辛难免疲累脆弱，但一回到家，心就变得饱满充盈，因为身边有一个那么在意我的人，给我微笑，给我鼓励，给我一个坚实的臂膀让我依靠。

小屋没有暖气，寒夜里，我们只能和衣而眠，他用体温的热量，传递着爱，给我营造一个温暖的港湾，一个饱满的爱的空间。我们依偎着相互取暖，在陌生的城市里相依为命。

他是我迷路时亮在不远处的那盏灯，是我记忆中永远不变的温存。记得有人说，每一盏灯亮的地方，都是一个家，一个温暖的家。

家，一个多么暖和的字，散发着热力，照亮着我，温暖着我，我感激着，却不用说出口。

时间的流逝，许多往事已经淡化了。可在历史的长河中，有一颗星星永远闪亮，那便是亲情。时间可以让人丢失一切，可是亲情是割舍不去的。即使有一天，亲人离去，但他们的爱却永远留在子女灵魂的最深处。

有一种关注，叫默默点赞

张君燕

男人最然铁石心肠，但只要当了父亲，就会有一颗温柔的心。

——杨格

1

吃过晚饭，林紫琪窝在沙发里玩手机，打开微信，毫无意外地又看到了一个赞。这个“安琪儿”到底是谁？什么时候加的他，怎么一点印象都没有了呢？林紫琪暗自嘀咕，每次只要自己一发微信，安琪儿都会直接秒赞。好像一个随时待命的士兵，时刻等待国王的一声令下。应该说，安琪儿对林紫琪相当关注，但他除了点赞外，从来没有留下过只言片语。也许他只是无聊，在朋友圈里挨个点赞罢了。对，一定是这样。林紫琪释然一笑，起身走向厨房。

林紫琪租住在公司附近的出租房里。偶有同事或朋友到她家里玩，却从来没有见过她的家人。每每有同事好奇地问起，林紫琪总是淡淡地说“我没有亲人。”说这些话的时候，林紫琪总是一脸漠然，仿佛戴着一个厚厚的面具，任何人都无法探知她的内心。

其实，林紫琪有着典型的双重性格，熟人面前可以高兴地得意忘形，但在陌生人面前，却又冷漠得像个高傲的公主。以至于很多人第一眼看到她，总觉得她是个很难相处的人，也因此，林紫琪真正的朋友并不多。所以，当林紫琪看到微信里那个默默点赞的人时，心里会莫名地涌上一种久违的温暖和感动。林紫琪挨个看了朋友圈里的消息，竟然发现安琪儿只在自己的微信里出现过，也就是说，安琪儿只是为了林紫琪而点赞。那晚，林紫琪是带着甜蜜和满足入睡的。

2

林紫琪刚来这家公司不久，据说是和谁赌气才换的新工作。林紫琪说，她有能力养活自己，并且可以让自己活得更好。不服输的林紫琪说到做到，在新公司里，林紫琪表现出色，很快就得到了上司的青睐以及同事们由衷地佩服。漂亮的女人总是会得到格外的关注，何况是漂亮又有才气的林紫琪。公司里单身的男青年们争相对林紫琪献媚，林紫琪总是淡然拒绝。也许是遗传了母亲追求完美的基因，林紫琪对爱情格外挑剔。她不在乎外表、家世、背景这些东西，她认为那些都是虚无的、不可靠的。她追求的是一见钟情的心动，是心灵相吸的默契。

见到王明然时，林紫琪眼前一亮，她听到了自己内心怦然一动的声音。王明然不是那种公认的帅哥，但他"浑身上下洋溢着一种特殊的魅力，这种魅力让人舒服，让人不由自主地想要靠近"，林紫琪和自己的闺密说这些话时，眼睛里的光彩似乎可以照亮整个黑夜。闺密不以为然地撇了撇嘴："我怎么看不出来你说的魅力呢？""那是你不懂咯。"林紫琪得意地笑着，神采奕奕的样子像极了恋爱中的小女人。

王明然自然也注意到了优秀的林紫琪，也许他们之间真的有相互吸引的东西，也许冥冥之中早已有了月老牵的红线，王明然和林紫琪水到渠成地相爱了。王明然对林紫琪的照顾可谓无微不至，沉浸在他的呵护和关怀中，林紫琪会不由自主地生出一种错觉，仿佛自己又回到了那种久违的家庭温暖之中。王明然和林紫琪相爱几个月了，但他却从来没有像其他人那样好奇地问起她的家人。也许这就是他的独特之处

吧，一直担心王明然问起时自己该怎么回答的林紫琪释然道。

3

林紫琪是个不折不扣的微信控，每天发微信晒幸福是她的“必修课”，关于那个神秘的关注者“安琪儿”，林紫琪早就凭着隐隐的直觉猜出了八九分——一定是王明然。是的，正是自己来到新公司后，才有这个忠实的“粉丝”的。不是他还会是谁呢？还有谁会这样关注自己，和自己有着相当的默契呢？想到自己在乎的人一直在默默地关心自己，在乎自己的一举一动，林紫琪不由地牵起嘴角，脸上露出了两个浅浅的酒窝。

那天，林紫琪感冒了，躺在床上浑身无力。她本就是个独立坚强的女子，生这点小病她自然也不会娇滴滴地向王明然去邀宠。她只是习惯地拿出手机，自拍了一张自己苍白的脸庞，配上一行文字：态生两靥之愁，娇袭一身之病。看了看突然觉得矫情，就又加上了几个字：感冒了，真难受。发完微信，林紫琪打算闭上眼睛休息一会儿，手机提示音响了起来，打开微信，林紫琪顿时哭笑不得：忠实的“粉丝”安琪儿在自己苍白的病容下又点了个赞。“好你个王明然，人家生病了，你不安慰不说，还幸灾乐祸地点赞。”林紫琪直接把电话给王明然打了过去。本来林紫琪是想将这个秘密永远保持下去的，双方心照不宣的感觉也挺好。可是，恋爱中的女人总喜欢耍小性子，尤其在乎恋人对自己的态度，林紫琪也不能例外。“什么？你生病了？怎么不早点告诉我呀？”王明然的语气里满是惊讶和关切。林紫琪有点糊涂了：“你装什么呀，你不是刚刚还点了赞吗？”“点什么赞？”王明然更是丈二和尚摸不着头脑。“安琪儿不是你吗？”林紫琪越发迷惑起来。“安琪儿？”王明然一拍脑袋，接下来的话便脱口而出“哦，那不是我，是伯父。”

4

“伯父？”林紫琪疑惑地重复道，王明然吐了吐舌头，暗骂自己说漏了嘴。

林紫琪的双眼立刻像起了一层雾——很久没有想起她的父亲了。其实，林紫琪之前有一个幸福的家庭。父亲事业有成，母亲漂亮贤惠，林紫琪像个骄傲的公主心安理得地享受着家庭的温暖以及父母的呵护。但生活有时偏偏会像蹩脚的电视剧情一样狗血，林紫琪的父亲爱上了自己的秘书，当那个年轻漂亮的女人挺着大肚子找上门来时，所有幸福的一切都结束了。追求完美的母亲无法接受一点点瑕疵，何况是她一直视若生命的婚姻。

离婚后的母亲仿佛被抽去了筋骨，整日心不在焉、郁郁寡欢。也许是心里郁结的闷气太多，也许是身体本就虚弱，两年之后，母亲被查出患了胃癌，已经到了晚期。在母亲弥留的日子里，父亲几次找上门来，想要跟母亲解释，求得她的原谅，但母亲却连见他一面都不肯。林紫琪永远都不会忘记母亲临走时那哀怨的表情，以及久久都不肯合上的双眼。尽管医生说母亲的病早就存在，并不是三年两年就能发展到晚期的。但林紫琪却固执地认为，父亲是导致母亲死亡的始作俑者，并在心底暗暗发誓，永远都不认这个父亲。

5

坐在林紫琪的床头，王明然向林紫琪和盘道出了实情。原来，林紫琪初到公司时，王明然就喜欢上了这个个性独立、性格坚强的女孩，还常常暗中观察她的一举一动、一颦一笑。也由此，王明然注意到了那个神秘的老人，他总是在林紫琪上下班时，躲在公司对面的墙壁后面偷偷注视林紫琪。护花心切的王明然以为那个老人不怀好意，于是在一次下班后，径直走向他，想要一问究竟。

在咖啡馆里，老人声泪俱下地跟王明然讲了自己的故事。他承认是自己犯错在先，但那只是酒后的一时冲动，他不想失去亲爱的妻子和女儿，不想失去幸福的家庭。他也曾想尽力去挽回，但追求完美的妻子却不肯给他机会，就连他最疼爱的女儿也不肯原谅他。但他却时时刻刻在牵挂着女儿，女儿住在大房子里时，自己还不用太担心，毕竟一切都有保障。自从女儿赌气搬出大房子后，他的心一下子变得空落起来。得知女儿喜欢微信，年过六十的他虚心地向年轻人请教,学会了玩微信,为的就是能及时掌握女儿的动态。他知道女儿不肯原谅他,所以也不敢妄加评论,唯有默默点赞,以寄托自己对女儿的思念和关注。老人喃喃地说:安琪儿,就是爱琪儿。当他得知王明然喜欢自己的女儿时,便拜托王明然好好照顾她。王明然被老人的真情所感动,对老人郑重地点了点头,并答应老人保守这个秘密。

6

听完王明然的话,林紫琪早已是泪流满面。她原以为自己永远都不会原谅父亲,可是现在她的心竟然是那么疼,她无法想象一个年迈的老人如何风雨无阻地站在公司门外张望,无法想象一个老人在寂寂长夜中思念女儿时那颗心是多么煎熬。"父亲是有错,可是也应该给他一个知错就改的机会呀。"王明然轻轻拭去林紫琪脸上的泪,认真地对林紫琪说。林紫琪没有回应,良久,她幽幽地说:"明天,陪我去看望父亲好吗?"

在这个世界上我们最不了解的是父亲,最不懂的是父爱。

每天都是一次选择

李红都

假设你担心年轻的一代会变成什么，答案是他们会继续成长，并且开始耽忧更年轻的一代。

——罗杰·艾伦

收到你录取通知书的那一刻，我并没有丝毫的兴奋。相反，应该说，我是很失落的，甚至可以说，有些不甘。而你，眼睛却笑成了两弯月牙。

是的，那个学校，是一所职业院校，尽管在我们当地，甚至在整个河南，都算得上是专科类的好学校，但毕竟与我为你设计的人生路线大相径庭。在我心中，你应该骄傲地走进省级重点高中的大门，最起码，你也能上市级重点高中，仿佛这样，才能不辜负我对你的期望。

但现实是残酷的，不管我愿意不愿意，我都得接受这个事实。看着眼前已长得和我一般高的你，真想骂你不争气，忍了好半天，才把几乎要脱出口的话咽进肚里。

面对我的不悦，你却满不在乎："这也是个大专啊，五年制的，而且还可以参加专升本……"

但是，亲爱的，毕竟这样一来，你的人生，就缺少了高中的生涯，那是一段艰辛却充满激情和梦想的人生之旅。

我给你讲我的高中时代，讲我的激情奋斗，你不想听。你说你想走自己选择的路，不想走我给你设计的路。你说你有自己的追求和思想，不想一切听我的安排……

我们争吵了半天，谁也没说服谁。但是，我明白你认准的事，谁也改变不了。我仰天长叹，随你好了……

你欢呼雀跃，终于可以不必再背那令人头痛欲裂的元素周期表，做那枯燥无比的数学方程式。

我不知应悲，还是应喜？毕竟我们那个年代的中学生，崇信的是“学好数理化，走遍天下都不怕”。毕竟多学些文化知识，打好基础，将来才有更长远的发展。但我也知道，现代社会的分工越来越精细，高中时学的很多知识无非是大学的敲门砖。就如我，成年后忘得最快的就是那些与工作不沾边的数理化，而且我也知道，你虽不如我当年那么刻苦、那么听大人的话，但是秉承了我的兴趣和爱好——喜欢看课外书，喜欢写朦胧的情感故事和纯真、唯美的诗词。或许，你长大也像我一样，走写作的路，让名字在全国各地的期刊杂志上缓缓开花……

那一天，看到你的《痴狐》刊发在2013年7月3日《河南工人日报》副刊，我惊喜得泪都流了出来。没错，从你那细密精巧的构思和语言唯美的程度上来看，你远胜过当年的我，你发头篇作品时，才14岁半，我发首篇文稿时，已近19岁。外市的一位作家开导我，想当年，琼瑶也偏科，数学常常不及格，三毛也同样，语文上是天才，数学则会考鸭蛋，说不定，你家小淘包将来会远远超过你我……

回想当年，自己何尝没有令大人感到“不靠谱”的选择，也试过多条父母安排的人生路，最终走通的，还是自己选择的那条路。或许，生活就是这样，当我们选择成长的时候，往往也是选择不被父母理解的时候，因为我们有了独立的思想。

没有人希望孩子是个毫无主见、事事按他人思想行动的傀儡，但不知为什么，在我的潜意识里，却总是觉得自己比孩子社会经验多，忍不住对孩子的人生“指手画脚”，每每看到你没有沿着我为你设计的人生路线走下去，心里便充满担忧和焦虑。

心中的纠结，让我显得有点心烦意乱。我转身走进书房，打开电脑习惯性地登录上QQ。有位我一向敬佩的大姐正好在线，想想自己的纠结，忍不住地打开对话栏，把这矛盾的心态说了出来。她很耐心地听完了我的倾诉，发过来一行话:"你想得太复杂了,其实你女儿远没有你那么纠结,她有主见,知道自己喜欢什么,适合什么,会主动选择适合自己走的路,这已经很好了。如果非让她按照你的要求,拼命去学那些她既不喜欢、又不擅长的数理化,或许她真的能像你希望的那样考上省重点高中,可是却失去了去学她自己感兴趣的专业的乐趣。问你一句——你是愿意看着她成天闷闷不乐、得过且过地学呢?还是希望看到她充满激情,快乐地去学习呢?

我马上回答:"当然希望她带着激情和快乐去学习了。"

那边很快又回复道:"要是她按你的安排去上高中, 肯定是闷闷不乐、得过且过,因为她既然不喜欢数理化,你把意愿强加给她,她怎么能快乐呢?怎么会主动地去配合学习呢?但高职院校是她自己选择的,专业也是她所喜欢的,她到那里,肯定会快乐、主动地学习了。她能主动地、快乐地学习,还有文学创作的爱好和兴趣,这样的生活状态,你能说她是失败的吗?其实,学习成绩并不重要,重要的是她没有失去生活的激情和学习的乐趣。"

一时间,我哑口无言。突然,脑海里浮现出前一段时间这位大姐推荐给我看的一首纪伯伦的诗,"你们的孩子并不是你们的孩子 / 他们是生命对自身的渴求的儿女 / 他们借你们而来,却不是因你们而来 / 尽管他们在你们身边,却并不属于你们 / 你们可以把你们的爱给他们, 但不能给予思想 / 因为他们有自己的思想 / 你们可以建造房舍荫庇他们的身体, 但不是他们的心灵 / 因为他们的心灵栖息于明日之屋,即使在梦中,你们也无缘造访 / 你们可努力仿效他们,却不可企图让他们像你 / 因为生命不会倒行,也不会滞留于往昔 / 你们是弓, 你们的孩子是被射出的生命的箭矢 / 那射者瞄准无限之旅上的目标,用力将你弯曲 / 以使他的箭迅捷远飞 / 让你欣然在射者的手中弯曲吧 / 因为他既爱飞驰的箭,也爱稳健的弓……"

那首诗,多像是这位智慧的大姐,在开导被"望女成凤"之心带进牛角尖的自己。对命运之神来说,我和孩子既相关联,又彼此独立,我可以给孩子爱和引导,又怎能将自己的思想强加在她身上呢……这样一想,心里便有了种豁然开朗的感觉。

吃过晚饭,我拉着你的手,走进朗朗月空。

舒爽的晚风，吹散了白日里争吵带来的郁闷，悄无声息地拉近了我们彼此的距离，我和你，像一对知己，并肩坐在月光下真诚地袒露心底——我承认，从你上小学起，我对你的寄托就有些功利——重点中学、名牌大学、诗琴书画、多才多艺……我压在你身上的希冀把你柔弱的身子压得弯弯如许。你好动，想学吉他和街舞，我批评你是"不务正业"。你不喜欢数理化，勉强完成了老师的作业便松了口气，我逼着你硬着头皮继续做我给你额外留的理科卷黄冈题库……

回想起来，我为你做的这一切，并没有带给你多少正面的影响，却反而让你失去了成长的快乐和学习的乐趣。还好，你能主动选择上高职院校去学你感兴趣的知识和技能，并且还能时不时写出一两篇令我惊喜不已的文学作品，特别是你能很清楚地根据自己的特点，扬长避短地选择自己喜欢并适合你发展的专业，足以说明你很有主见和独立处理问题的能力。这些我都应该为你骄傲！

妈妈想告诉你的是——生命中的每一天，都是一次选择。无数次选择的结果，就是你的命运。不只是这一次，在今后的日子里你也天天面临着选择：上课，你可选择听讲，也可以选择打盹；写作业，你可选择用心，也可选择马虎；课余时间，你可选择参加培训，练好英语口语，也可以选择到溜冰场和KTV，游戏人生，虚度光阴……

所以，妈妈希望，在新的学校里别让爱玩、爱攀比的孩子影响到你。愿你每一天都能认真地做出选择，选择上进、选择勤奋、选择微笑、选择勇敢……然后，像你说的那样，以全新的姿态做好未来专升本的准备。

人生的成长中我们该如何选择，父母的希冀往往会影响着我们的选择。我们唯一能做的就是学会选择成长。

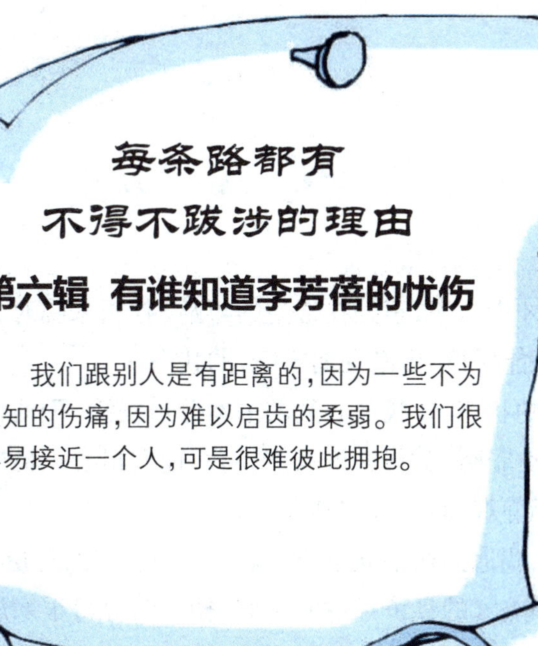

第六辑 有谁知道李芳蓓的忧伤

我们跟别人是有距离的，因为一些不为人知的伤痛，因为难以启齿的柔弱。我们很容易接近一个人，可是很难彼此拥抱。

墙上的印痕

嵇振颉

谁拒绝父母对自己的训导,谁就首先失去了做人的机会。

——哈吉阿布巴卡伊芒

那一年我才十六岁,正处在叛逆的年龄。挫折来临时,开始躲避周围的一切,希望这样就能保持"出淤泥而不染"的状态。

浑浑噩噩的状态,让我与心爱的书本分道扬镳。面对惨不忍睹的分数,我竟然没有任何负罪感。父母并没有责备我,他们担心我精神上受到刺激。这个时候,他们选择静观,而不是主动介入。

一天放学,我遇到初中同学小杰。他一身名牌的打扮,让我艳羡不已。在我的印象中,小杰家的经济条件并不好,初中时穿得很寒酸。怎么才一年多,他就变化这么大?是不是他父母做生意发了财?他的回答否定了我的猜测。原来他在一位大哥手下混,不仅经济上翻了身,而且每一天都过得很滋润、很舒坦。看着他红润的脸色,我向他表达也想加入的意愿。他说可以帮我问问看,很快给我答复。

深夜间,我在床上辗转反侧。按捺不住地激动,让我决定起来走走。走过客厅,灯竟然亮着,父亲正背着手看着一面墙。那面墙上,贴着我从小到大获得的荣誉证书和奖状,足足有四十几张。这时,一股别样的想法涌上心头:原来我也曾优秀过,上面的每一张证书或奖状,都记载着一段难忘的回忆。可我现在却亲手毁掉了这一切。难道我所期盼的理想世界,真的是那么美好的伊甸园吗?

父亲的背已经有些微驼,不再像过去那么伟岸,白发渐渐爬上他的发梢,岁月肆意地在他的外表上留下痕迹。想到这里，我的鼻子酸酸的……

我决定明天向父亲表达我的想法，我觉得这应该是一次征询，而不再是最后通牒。

第二天一早，我又一次来到客厅，突然发现墙壁上少了很多东西。没错，就是那些荣誉证书和奖状。它们什么时候从墙上消失的？又是谁这么干的？我正在心中推断时，父亲缓缓地从一旁走来，和蔼地对我说："墙上的奖状和证书，都是我撕去的。从你这个阶段的表现来看，你想过一种崭新的生活。既然是和过去决断，那何不把这些过去的东西都抹去？"

我一时无语，脑海中，我已经删除和小杰同行的想法。

父亲接着说："如果你还想回到从前的生活，那么我可以把这些荣誉和光荣的象征还给你。"

墙上留下一些印痕，就在昨天，这里还被证书和奖状覆盖。我忍不住大声说："爸，我错了，我不再那么任性了。您还是把这些都还给我吧。"

父亲的脸色终于多云转晴。他用一种特别的方式，挽救了陷入迷途的儿子。

我依然深深地记得墙上的印痕。正是这些印痕，将我从陷坑中拉出来，重新回到光亮的康庄大道上。

墙上的印痕不单单只是过去的荣誉，它已经成为我自身价值的体现，它已经幻化成一种感召力，把我从颓废中拯救出来。

童年的风筝

李莉

家庭的基础无疑是父母对其新生儿女具有特殊的情感。

——罗素

小时候，每至清明前后，就见到天空中飞扬起各色各样的风筝。我和弟弟总是抬起头，一脸羡慕地看着那些天空中的风筝，心也随着那风筝飞去。

我和弟弟曾悄悄在街上问过风筝的价格，那个价格，对于我们不算富裕的家庭来说，还是太贵了，懂事的我们从此不提要风筝的事。

可是，我和弟弟见到风筝时的喜悦，还是被爸爸看到了。爸爸慈爱地说："想要吧？我帮你们做一个。"我和弟弟惊喜不已，兴高采烈地跟在爸爸的身后，去买做风筝的纸。

爸爸一向喜欢做手工，而且总是喜欢挑战高难度的，这次也不例外。他告诉我们他要做市场上也买不到的独特风筝，让我和弟弟崇拜不已。

爸爸找来几根竹条，削薄，放在火上烘弯，绑好，然后糊上纸，做了一只大大的蝴蝶风筝，下面还拖着长长的尾巴，爸爸在上面涂上美丽的颜色后，一只五彩斑斓的蝴蝶风筝出现在我们面前，我和弟弟欢喜地跳跃着，迫不及待地想要试试它的飞行效果。

我和弟弟在爸爸的带领下来到山坡上，山坡上早已有了不少放风筝的人。孩子们见到我们的风筝又大又漂亮，羡慕极了，纷纷围了上来。

风一吹来，我们松开手，风筝便飞了起来，可是还没飞到半空，便重心不稳地跌了下来。在大家的惊呼中，我的心也如同风筝，从喜悦变得失落起来。

爸爸却很沉稳地拾起风筝，说："没关系，重心不稳，我修整一下。"然后，他调整了风筝下面那长长的尾巴后，重新放飞，风筝平稳地升空，越飞越高，大家欢呼起来。有个小朋友说："自己做的风筝真棒，街上可买不到这样漂亮的风筝。"我和弟弟牵着线，一脸的幸福和自豪。

那个风筝，陪了我们好几个春天。我和弟弟奔跑着放飞风筝，欢喜地看那美丽的蝴蝶在空中轻盈地飞舞，而爸爸，总是慈爱地看着我们的如花笑靥。

邻居见到那自制的风筝，笑着对我爸说："你的本事真是大，为了孩子，什么都会做。"爸爸便笑了："孩子一晃就长大了，能满足他们的，尽量满足，要给他们一个快乐的童年。"

现在，爸爸老了。他仍是一个疼爱孩子的老人，会带着孙儿到处玩一天，他带着孙女、外孙们在外面玩，见到空中的风筝，乐呵呵地对他们说："以前，我也做过一只风筝，又漂亮飞得又高"，我在一旁听了，想起了多年前那只美丽的风筝，眼眶一下就湿润了。

我不会忘记：曾经有一只风筝，承载着父爱，温暖着我的那个清贫却幸福的童年。

想念童年里的蝉，夏日里的风，那时风轻云淡，父亲骑着自行车带着我们远行，一路欢歌……

最是难舍故乡情

许延荣

近乡情更怯，不敢问来人。

——〔唐〕宋之问

随着农村城镇化的快速运转，我的老家也要规划了，乡亲们将要搬离那个生活了几十年或者说养育了几辈人的村庄，过城市人的生活了。

我不知道这些与土地打了一辈子交道的乡亲，离开土地后会是什么感想，会不会习惯于城市人的生活。只知道离开这方土地20年的我，虽然在城市生活了这么多年，却依然做不了城市人，心一直在家乡，梦一直在家乡。

也许是早已习惯了家乡的一切，习惯了家乡人的热情好客，一家有事百家帮忙，不像城市人惯有的冷漠，更没有那种虽是邻居，却是老死不相往来的陌生感。平时没事的时候，大家就会不约而同地聚到街头巷尾，侃大山拉家常，妇女们也会聚集到某一家温暖的土炕上，边拉家常边做手工，惬意而温馨。孩子们也依然会像我们小时候一样结伴玩耍。

我们村子大约二三百户人家，生活虽是清贫，但那山、那水、那一方土地里长年累月地生活着的父老乡亲，用山的秀美、水的清粼、人的笑颜，孕育了我的童年，哺育了我儿时的梦想，因此，每每想起，总是欢悦多多，感动多多。那时，村东是一条清澈的、常年水流不断的沙河，我们在那里捉鱼、戏水、玩沙，其乐无穷。河边还有着成排的树木，可以爬树比赛、掏鸟蛋、荡秋千。

记得有一次，伙伴们大多都掏到了鸟蛋，我因总是学不会爬树，就到河东的沟岔里寻觅，那里树多草密，鸟自然也多，我相信有鸟的地方就一定会有鸟蛋。期盼中，忽然看到沟帮上有个泥洞，用劲把手伸进去。瞬间，一阵狂喜弥漫全身,我竟然也掏到了几个蛋,大小模样跟伙伴们掏到的鸟蛋差不多,美得我到处嘚瑟,告诉伙伴们俺也有鸟蛋了,谁料嘚瑟过火,蛋全掉到地上摔碎了,把我伤心的差点没哭出来。随后,我又几次三番地去掏那个窝,期望那个鸟能再下几个蛋,可总是失望而归。再后来,我得知那并不是个鸟窝,蛋也非鸟蛋,那是个蛇窝……

在村南不远处还有一个乐园,那是一座规模不小的水库。里面的蓄水可以灌溉全村的耕地。小时候我们常去那里的草滩割猪草,也时常和小伙伴在宽阔的堤坝上追逐玩耍。而伙伴们那一身身精湛的游泳本领也都是在这里学会的。每到五六月份,气温一天天燥热起来,我们便开始下水游泳了。我们在水里潜来潜去捉迷藏,游来游去嬉戏追逐。有时候,放哨的伙伴远远见到有大人走来,一个暗号,大伙就立即憋气沉于水中,等他们走远了才敢露出水面,好几次都有伙伴惊险地与死神擦肩。说来也怪,据大人们说,这水里曾淹死过好几个洗衣服或是摸螃蟹、游泳的大人,但却从没淹死过一个玩水的孩子。

那时候,其实最感兴趣的还是村西那一大片果园,那是村里专门种来送礼和增收的,普通百姓是吃不上的。可我们这些孩子,却总能吃得酣畅淋漓,心满意足。每到春末,只要有了可食的青果,我们就开始行动了。爬过伙伴家的院墙就是果园,园里每个季节的果树都有,品种也不少,能连续吃上好几个月。虽有专人昼夜看护,但有句话不是说吗:不怕贼偷就怕贼惦记呀,我们总能找到合适的时机取得战果。即便是偶尔被抓到几次,大人们也是睁一眼闭一眼,吓唬我们几句了事。毕竟那时一切都是集体所有,不是私有财产。

时光匆匆,很多故事好像就发生在眼前,那些情感,那些记忆,真的是剪不断理还乱。我不知道当乡亲们都离开后,我的故乡,将情归何处?

在这个乡镇城市化、农村城镇化的年代里,人们的处境也开始变尴尬,学不会城市人,又做不得农村人,情感不知归处。像我们的青春,没有了童年的快乐无虑,也没有学会成人的处事泰然。

面 具

侯拥华

画龙画虎难画骨，知人知面不知心。

——蒲松龄

男孩和女孩是在网络上认识的。聊了很久，他们都很熟识了，可是仍然没有见过面，也不曾视频过。不是男孩不想，而是女孩不同意。

一天，男孩在QQ里对女孩说，“我们见面吧，不见你，我真的要活不下去了。我的人生梦想就是和你生活在一起，每天过芬芳的生活。”

女孩在那边就笑了，QQ里发过来一张嘻嘻的笑脸。

这是第三十一次碰壁。男孩有些泄气，可还是不甘心。之前，他曾把自己的生活照发给她看，她只回了一句话：帅呆了！当然是真的帅呆了，一米八的身高，一张金城武的脸。更何况还是一所名校的在读研究生。关于女孩的情况，他只知道她在另一个城市的大学读书，她还有一个双胞胎的妹妹和他在同一个城市上大学。

女孩不受引诱，始终不曾发过一张照片。男孩却还是能从文字交谈中感受到她那颗蠢蠢欲动的心。是不自信，还是唯恐受骗?男孩想不明白。

“你真的想见我吗?可以先和我的妹妹见见。如果，你能接受她的容貌，接下来，我自然就会出现。”有一天，女孩终于松了口。

她丑吗?

还可以。

“好啊！那就见见。在哪儿见？什么时候？”

“就周末吧！在你城市的森林公园门口，周六，九点，我妹妹那天会穿紫色的裙子。”

男孩欣喜若狂。周六准时赴约，见了，却也开心地笑了。是一个大美女，身

材高挑，皮肤白皙，一张金喜善的脸。那天，两人聊了很多，还吃了烛光晚餐。自然，两人还聊到了在另一个城市的女孩。

“我和我姐姐，你更喜欢哪一个？”走的时候，女孩的妹妹问。

“都喜欢”。说完后，男孩就有些后悔了。这样的话如果传到女孩那里，她还会理我吗？当然，发自内心，他更喜欢未曾谋面的姐姐。

妹妹告诉他，她们姐妹两人长得非常相像，只是妹妹的嘴角有颗痣。说这些的时候，妹妹指着自己的嘴角给他看，生怕他认错人似的。果然，在她的嘴角左边，他看到一颗小米粒大小的黑痣。因为那颗黑痣，妹妹美中不足，却也显得别有风韵。

从此之后，男孩更加思念女孩了，他常在睡梦中勾勒她天仙般的容颜。QQ里，他说，“见你妹妹了，就如同见到了你，你还怕什么？”女孩沉默了一会儿，说：“害怕距离离间我们的感情，如果你的身边有一个和我一模一样的女孩，你还会喜欢我吗？”

“即便有一个和你一模一样的女孩，我也会做到春心不乱”。男孩的话很果断，也很坚决。果然，之后的日子里，男孩再也没有和女孩的妹妹见过。中间几次，女孩的妹妹有事约他，他都找种种理由拒绝了。

男孩的表现感动了女孩，半年后，女孩决定来这个城市见他。男孩又是一番激动。

约会的地方仍然选在周末，仍然是在森林公园的门口。女孩说：“那天，我穿紫色的裙子。”男孩就笑了。男孩说：“那天我戴恐怖的面具”。女孩也笑了。

那个冬日的早晨，北方的天气很冷，男孩早早来到公园门口，在风中站得腿都要麻了，仍然不见女孩到来。站在风中，他不停地搓自己的双手，以抵御这逼人的寒冷。直到夕阳西下的时候，公园门口才出现了一个穿紫色裙子的女孩。

她远远地向这边张望了很久，天快黑了，才鼓起勇气走到他面前问：“你是阿祥吗？”

“是。难道你是云中燕？”

女孩笑了,“是我,我是不是很丑?”

那是一张狰狞的脸,一脸的烧伤疤痕,与妹妹的貌若天仙判若两人。男孩望着她,挤出几分笑容。“还好,总没我恐怖吧?!”

“意外吗?现在你后悔了吗?”女孩那张狰狞的面孔中射过来一道追问的寒光。

“不后悔,我一直深爱的是你那颗纯洁善良的心。”

“真的?”

“真的!”

女孩忽然哈哈大笑起来。然后,转过身,用手在脸上使劲撕扯着。再转回身的时候,是一张白皙粉嫩面若桃花的脸。女孩手里拿着一张软体面具,因为笑得有些夸张,左嘴角边一颗黑痣像一个跳动的音符在不停地抖动。

“没吓着你吧?”女孩对男孩说。

“没有。——我,我吓着你了吗?”男孩哆嗦着嘴唇,有些笨拙地问女孩。

“刚开始确实吓着我了。要不我怎么会下午才出现。你脸上的面具也太吓人了吧。快取下来吧,要不我就要走了。”说这些的时候,女孩伸手去揭男孩脸上的面具。她使劲撕扯,可是那张面具却始终揭不下来。

女孩的手突然停了下来——原来那是一张真实的面孔。

女孩一脸惊恐地逃走了。

望着女孩匆匆远去的背影,男孩颤抖着嘴唇失声哭了起来。一个月前,男孩因为一次火灾救人,永远失去了青春的容颜。

貌似是一个很深的命题。看似关于爱情,却跟爱情无关,这是令人生畏的人心,不是吗?

每个男孩对面都有一个女孩

后天男孩

世界那么大，让我遇见你。时间那么长，从未再见你

——张嘉佳

高二那年，我是插班生。

那是一所远离故乡的民办重点学校，云集了全县的优等生。那时的座位是按考试名次排的，惨不忍睹的成绩注定我只能像丑小鸭一样被挤在后几排没人注意的角落里。躲在角落里的我默默地欣赏着别人的优秀与骄傲的同时，整日被一种深深的失落感所笼罩，常常低着头，靠墙根走进走出，话语本来就不多的我更是沉默，有时可以一星期不讲一句话，只是静静地坐着。窗外那寒秋的雨将一颗孤寂的心凋零得斑驳沧桑，感觉自己就像寒风中守候叶子的小鸟一样无依无助。

然而有一件事使我发生了变化。小男生的敏感使我觉得总有一双眼睛在注意着我。那是一个坐在我对面角落里高挑的女孩，学习很棒，但却自愿坐在后排，写得一手好文章，平时总是笑眯眯的。

自卑的我并没有对这双或有意或无意的眼睛的注视产生反应，直至有一天放学时突然下起了大雨。毫无准备的同学或在教室里大声谈笑，或焦灼不安地等家里送雨具来。我低着头，也许是逃避那份不属于我的热闹的温情，百无聊赖地随意涂抹着……

校园里逐渐冷清起来。阴雨天暮色来得特别早，不知不觉间教室里暗了下来。我揉了揉酸涩的眼睛，投眼窗外，朦朦胧胧的天地间，模模糊糊似一大片浮云笼罩，高大的梧桐树瑟瑟作响。

当我把视线移到教室内时，心“咚咚咚”地跳起来——对面角落里的女孩还没走！她似乎还在专心致志地写着什么，而偌大的教室只剩下我和她。

“她为什么不回家呢？”我自问，“没伞？还是……”我感觉自己的脸在发烧。

女孩站起身，灯被拉亮了，我看到她手中拿着一把伞。呀，怎么女孩向这边走来？我赶忙低头装作看书，心跳却更厉害了……

她要干什么呢？

她已经跨过了一条凳子……

那双时常注意我的眼睛……

她会不会……我该怎么办？

女孩站到了我的桌旁，轻轻地唤我的名字，我却像听到了一颗原子弹在身边爆炸，拼命地捂住已跳到喉咙、跳到嘴边的心，惊愕地抬起头。灯光下她的脸很柔和，那双含笑的眼睛澄清明亮：“你没伞吧？现在雨不大，我家就在附近，这把伞留给你用。”说着她轻轻地把伞放在桌子上，然后转身跑出了教室。

我目送她的身影，又呆坐了好长时间，才明白刚才发生的事情。刚才外面的雨还有些小，现在又“哗哗哗”地大起来。我打开那把伞，一张薄纸从伞架里如蝶似的翩然滑落，我好奇地拾起，看完后，为自己曾经无知的曲解而好笑，同时被女孩那美好的心灵所打动：

“知道吗？你对面角落里的女孩一直在默默地注意着你。正值花季的你为什么总那么忧郁？”

“生命有时就像这场雨，看似美丽，但更多的时候，你得忍受那些寒冷和潮湿、那些无奈与寂寞，并且以晴日的幻想度日，当没有阳光时，你自己便是阳光；当没有快乐时，你自己便是快乐！”

“沉默一定不是你的性格！愿你能走过自己！”

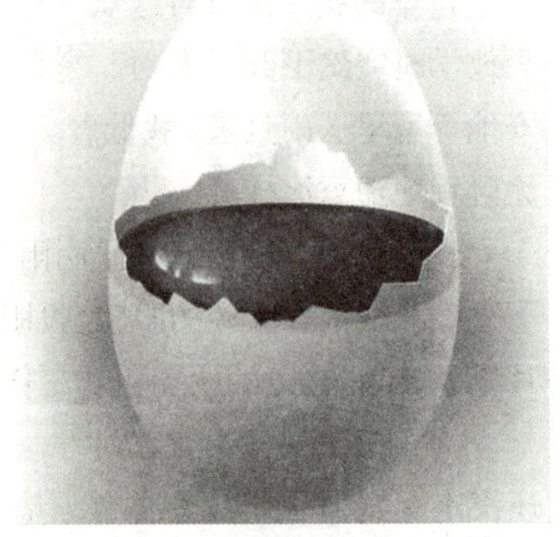

握着那薄薄的信纸，我深深地被一股巨大的暖流淹没了，一颗心顿时清澈了许多，双眸也因这雨季而涨满温柔的泪水。

青春单调的日子因为女孩的加入，开始变得天蓝蓝、水清清。我知道了自己生活在关爱的天空下，那份对生命的真挚与感动使我不再停留于那张捆绑自己的网，心情不再忧郁，成绩也渐渐地好起来…….

感谢对面的女孩，在我生命中很茫然很无助的阴天里送来一道温馨的彩虹。多年后，当我好几次在雨天坐上免费的飞机，前往我喜欢的城市，和一大群热爱文艺的人谈论青春时，再取出那纸“生命如雨”，往事齐涌心头，有一种痛楚和温柔渗透在一起的感觉浸满心间，顷刻间，我的视线模糊了，朦胧的泪眼中，我仿佛又看见了，对面的女孩撑起一伞的真诚与关爱含笑向我款款走来……

每个人生命中大概都会碰到这样一个女孩子，她跟爱情无关，只是过来教会你某些东西，比如自信，还有成长。

长达一分钟的初恋

朱国勇

海内存知已，天涯若比邻。

——王勃

十七岁，花娇水嫩，一个年轻得让人怦然心动的岁月。

她，白净秀美，常穿着清澈如水的校服，笑的时候很是腼腆，让你觉得，有一朵白云从山头悠悠飞过。可是现在，她脸色如纸，躺在冰冷的病房，即将永远地告别这个美好的世界。一朵娇美的花，还没来得及开放，就已经凋零。

弥留之际，她双目直直地盯着病房门口，急促地喘息，喉咙蠕动着，只能发出模糊的呼隆声。那眼睛里，分明透着一份期盼。医生说，她可能有心愿未了，或者是想见什么人，想想，有谁没来看她？

妈妈流着泪水回答："都来了，该来的，都来了。"爸爸说："一定是想她小姑了，小姑最疼她。"爷爷奶奶外公外婆小叔小婶，满满一屋的亲人，心痛而怜惜地看着她那张娇小的脸。

十多分钟后，小姑来了，一把搂住她，还没张嘴，已是泪流满面。没想到，她的喘息更加急促，挣扎着，似乎想抬头。原来，小姑挡住了她的视线。

妈妈伏在她的床头，泪如雨下："孩子，你想要什么啊？"

就在大家束手无策之时，她的弟弟来了，手里拉着一个怯怯的单薄男生。男生走到病床前，很局促地握住她了的手。阳光透过窗户照进来，温暖地映着他们青春的脸，纯美而羞涩。她的眼中掠过一丝欣慰，终于阖上了双眼，嘴角扬着一丝微笑。

这个男生，是她的同桌。他们并没有早恋，甚至连过密的交往都没有。最亲密的一次，一帮男生女生去少年宫，他骑着单车带她。为了防止摔下来，一路上，她紧紧地抓着底座，他的腰，她看了几下，没敢碰。可是，未经人事，情感一片空白的她，弥留之际，他，成了她最深的牵挂。她选择了他，来弥补未及绚烂的爱情缺憾。

“明天你是否会想起，昨天你写的日记……”多年之后，每当老狼的歌声响起，这个历经风雨已经结婚生子的昔日单薄男生，依然有想流泪的冲动。

今世今生，她，成了他抹不去放不下的追忆和感动。他说，她是他的初恋。因为，在那恍如隔世的青春岁月里，他曾是她最牵扯不下的深深牵挂；因为，在那长达一分钟的盈盈一握中，两颗年轻的心，曾那么柔美含羞地轻轻荡漾。

“那时候天总是很蓝，日子总过的太慢，你总说毕业遥遥无期，转眼就各奔东西。”是啊，同桌几乎承载了我们对于高中的整个记忆，那些金色的年华，再也回不去了！

哭泣的雪花

肃琰

你没有如期归来，而这正是离别的意义。

——北岛《白日梦》

“奶奶，雪花什么时候不哭啦？”

五岁的小孙子望着窗外纷纷扬扬的雪花，充满期待地问奶奶。

“雪花马上就不哭喽！因为雪花知道宝儿的爹娘快要回来喽！”

“是真的吗？奶奶说下了大雪我爹娘就会回来了。可现在我爹娘为什么还不回来？”

孩子水汪汪的大眼睛清澈、透亮，晶莹的眼球里有闪亮亮的水珠在滚动。看着一脸纯真、幼稚，充满渴求的小孙子，老人走上前去蹲下来，把他搂在怀里，早已纵横的泪水悄无声息地打湿在孩子柔软发黄的头发上。

孩子的爹娘一年前去外地打工了。还记得他们当时走时，就经受了一番与孩子别离的折磨。刚开始，爹娘决定跟孩子讲明道理，当面告别离去。娘告诉孩子，她和爹要去外面挣钱，要走一段时间，让他跟奶奶待在家里，要听话，要乖，爹娘回来会给他买好多好吃的好玩的东西。可话还没说完，孩子的头摇得就跟拨浪鼓似的，大声哭喊着我不要吃的，我不要玩的，我只要爹娘。孩子的号啕大哭让爹娘没能走成。

第二次，爹娘硬硬心，直接走吧。又跟孩子一番好话相哄，背起行礼包就走。可孩子却追着跑到村外，一边追一边哭喊着：“回来，我不要爹娘走。”孩子撕心裂肺的哭喊，让爹娘含泪而归。

前两招都不行，只好偷着走吧。这也是爹娘不愿选择的方式。他们不想在孩子幼小的心灵上留下阴影，但这真是无奈之举。当孩子回到家后，看不到爹娘，便是哇的大哭，哭喊着找爹娘，任凭怎么哄都无济于事。整整哭了大半天，嘴里念念叨叨，迷迷糊糊地睡着了。醒来后，接着大哭。就这样，折腾了四五天，孩子的眼睛干涩了。孩子不哭了，也不闹了。奶奶那颗七上八下悬着的心终于缓缓放下了。这孩子总算过去这坎了。

一天，奶奶见小孙子在一张纸上画东西，便问，“你画的是什么呀？”“雪花。”奶奶这才看清了满满的一张纸上全是孙子所谓的雪花形状的东西。“你画这么多雪花干什么呀？”“奶奶，我想起娘以前跟我讲过雪花是很神奇的。雪花可以帮助我们。我想告诉雪花，让我爹娘快点回来吧。”老人的心像被刀子戳了一下。原本以为孩子早已忘了的事，却没想到深深的刻在他幼小的心灵里了。他在用自己的方式期待着爹娘的归来。“那你要画很多天，雪花才能帮你呀。”“只要爹娘能回来，我画多少都可以。”孩子每天都画雪花，边画边嘟嘟囔囔地自言自语。

可日子在孩子的期待中悄然无声的逝去，没有带来任何惊喜。爹娘还是没回来。孩子再一次声泪俱下。这是爹娘走后的第二次惊天动地的大哭。“我画了这么多，爹娘还不回来。雪花还是不帮助我。”奶奶安慰着孙子说：“宝儿，你知道雪花为什么不帮你吗？“为什么？”满脸泪珠的小男孩强止住哭声，像抓住了救命稻草，认真地听奶奶说。“因为雪花在哭泣。哭泣的雪花是不会帮助人的。”“那雪花什么时候不哭啦？”“当天上真正下大雪的时候，当雪花漫天飞舞的时候，雪花就不哭啦。到时候她就会帮助你，让你爹娘早点回来的。”老人的眼里也充满了期待。她想象着下了大雪，儿子儿媳总该回来了吧。

于是，孩子天天盼着下雪，可出奇的是，那一年冬天，竟然没下雪。

日子在四季轮回中不厌其烦地重复交替着。

孩子依旧每天画着雪花。不同的是他在每片雪花的后面都加了一个哭脸，然后在每张画的最下面都会画上一片大雪花，在后面加上一个笑脸。

当秋天舞尽了最后一片落叶，又一个冬天挟裹着寒冷来临了。孩子心中期待已久的雪花也终于飞舞人间了。孩子高兴得手舞足蹈。脸上开出了灿烂的花朵。可这场雪还是没能让孩子如愿以偿。爹娘没回来，孩子好不容易绽放笑容的小脸又阴云密布，酷似哭泣的雪花。

“奶奶骗人，奶奶说下了真正的雪花，爹娘就会回来了。可现在为什么还不回来？”孩子委屈万分地说。

“是啊！你爹娘要回来了。他们已经上车了，只是外面下着雪，挡住了他们回家的路啦！”

孩子一声不吭地跑到外面，从院子里找出他的小铲，开始铲地上的雪。他吭哧吭哧地铲着，不顾纷纷扬扬的雪花把他遮盖成雪人。

老人背着孩子哽咽着给儿子打电话，你们快回来吧，我没法再骗孩子了。

孩子每天扫雪，直到第二场雪的到来。爹娘回来了，终于回来了。冒着大雪，远远的就看到被裹成雪人的孩子在清扫路面，旁边站着同样是银妆素裹的老妈妈。

娘紧紧搂着儿子说：“我们再也不走了。”孩子蹒跚地跑回屋去，拿来厚厚的画满雪花的两个本子，泪流满面地说：“别让雪花哭了，好吗？”那稚嫩而纯真的声音，随着尽情飞舞的雪花氤氲开来，洋洋洒洒于天地间，飘进每个人的心底，舞出一片洁白。

拔开云雾见天日。大雪飘尽，丝丝缕缕的阳光如跳跃的火焰，融化了冰雪，融化了寒冷，融化了哭泣的雪花。

生活中的聚散和离别，正如雪花这般贴切。那些留守的孩子，不就像飘飞的雪花那样无依无靠吗，后来遇到父母，便被爱融化了。

有谁知道李芳蓓的忧伤

安一朗

真正的朋友不把友谊挂在口上，他们并不为了友谊而相互要求什么，而是彼此为对方做一切办得到的事情。

——别林斯基

1

读高一的时候，我因为成绩优秀被选进了省重点高中。

班上的同学几乎是城里长大的，唯有我来自乡下。不过，我很自豪，毕竟我能从那么偏僻的乡镇中学考进来。城里的女生都很漂亮，也很骄傲，她们第一次见到我时都笑翻了天。

我惶然地涨红脸，却愤愤不平地想：你们有什么了不起呢？不过出生在城里而已。李芳蓓是最后来学校的，她有腿疾，没有参加军训。

一个土里土气，一个面无表情，班上的同学在背后叫我们“怪咖”。两个被众人嫌弃的“怪咖”，自然而然就坐在一起了。

我们刚坐在一起时，面对我的微笑，李芳蓓也只是点点头，没吭声，也没表情回应，让我颇为郁闷。经历了几天的军训，我在新学校的新鲜感过后异常孤独。看别人呼朋唤友热热闹闹，而我在这里却没有一个朋友。

我想家了，想以前的同学，我在城市里总是格格不入，让人嫌弃，而住校生涯远没有自己想象的那么快乐。毕竟上高中了，那么明显的被人排斥，心里总不是滋味。

2

李芳蓓是走读生，每天上学、放学都来去匆匆。虽然同桌，但我们没有像其他同学那样很快就建立起友谊。

我其实很想和李芳蓓多聊聊，毕竟她是城里长大的女孩，她会知道她们心里想些什么。但李芳蓓用冷漠的铠甲为自己筑起了坚硬的保护层，让人很难进入她的世界。面对她总是毫无表情的脸，我很尴尬，实在不知如何是好？

时常在猜想：李芳蓓过去应该受过很深的伤害，所以她不信任身边的人，不愿意敞开心扉与人交往，而冷漠是她唯一可以保护自己的方法。

我多想有自己的朋友呀，虽然她不大搭理我，但我还是一如既往地主动与她说话，就连到走廊走走，我也会主动邀约她。

宿舍里的几个女孩，刚开始时也很嫌弃我，但天天住在一个屋檐下，面对我的友善和主动，关系倒是慢慢地变得融洽起来。我很为自己自豪，我始终相信：日久见人心，只要自己真诚待人，终有一天别人会知道的。

很庆幸，我做到了。

3

在这所省重点高中，学习竞争太激烈了，我再也找不到过去众星捧月的耀眼光环。虽然我学得很辛苦，但成绩也只在中下游徘徊，主要是英语和作文拖了后腿。面对毫无起色的成绩，我心灰意冷，真想转回县城的一中。

李芳蓓的成绩倒是出乎意料地好，在这样高手云集的地方，她能保持在前三名，真是不容易，我对她越来越佩服。

可是，班上有些同学对李芳蓓的成绩是不屑的，他们有的说她是“书呆子”，有的说她“高分低能”，甚至还有的说，分数再高，连朋友都没有一个也够可怜。

各种流言飞扬，我听到后心里都为李芳蓓感到委屈，但她似乎从来没当一回事。

“学霸都是怪咖，你看看那个李芳蓓，整天板着张死人脸，看了就让人倒胃口。”后桌的女生也这样说李芳蓓时，我忍不住顶撞了她一句：“你这样说话太没良心了，李芳蓓教过你解题。”

我实话实说，没想到却捅了“马蜂窝”，后桌女生伶牙俐齿，她瞪大眼对我一阵狂骂。我被骂得眼泪汪汪，毫无还击之力时，李芳蓓进教室了，见状，她淡淡地问了句：“你们怎么了？”我还没开口，后桌女生却气呼呼地又骂一句“乡巴佬”，然后转身离开了。

我没勇气把后桌的话学给李芳蓓听，怕她会伤心。她确实是整天板着一张毫无表情的脸。有时也奇怪，李芳蓓怎么就不会笑呢？

“谢谢你！其实我刚才在教室外都听到了。这种事，你以后不必要再为我与其他同学发生矛盾了。”李芳蓓看着我淡淡地说。

她都听到了？我很惊讶她的淡然，她怎么就甘愿被人这样骂？

4

李芳蓓对我的友善，我慢慢地有感知了。虽然她还是面无表情地对我，但从她说话的声音里，我能感受到她的变化。

“学习上，光靠努力你会很累，有时还要讲究方法。”李芳蓓见我每次都为考试的分数忐忑不安时，说了她的建议。

一语惊醒梦中人。我突然就找到了自己成绩一直停滞不前的原因，我不能还是像以前一样学习，那样太费劲，毕竟高中科目更多了，只有讲究方法，才能提高效率、事半功倍。

我很感激李芳蓓的建议，对她的话深信不疑，她就是最好的证明。她还借了一些参考书给我，有时也会举一反三地指点我，让我的解题思路敏捷起来。出于感激，也出于我对这份友情的珍视，我对她丁点的付出都回报以最大的热情。

李芳蓓不是草木，她面对我长期以来的热情和友好渐渐地接纳了我。

一个周末，我看着欢欣鼓舞准备回家的同学，一个人郁郁寡欢地伫立在窗前。李芳蓓走过来邀请我去她家做客时，我听后愣了半天没反应过来。她是第一个邀请我去家里做客的城里同学。以前的周末，别人的热闹只能更凸显我的落寞。

后来我才知道，我也是李芳蓓第一个邀请回家的同学。

5

李芳蓓家在一个普通的居民小区，房子很小，却收拾得很干净。

她的妈妈是一个优雅而温婉的女人，话不多，却让人感觉自在。我很羡慕李芳蓓有一个这么漂亮的妈妈，只是很奇怪，我在她家里，没有见到她爸爸。李芳蓓没说，我不敢问，现在的单亲家庭很多。

是在很久后的一次，我与她妈妈聊天时，才知道李芳蓓原来发生过严重的车祸，她的脸部神经受到重损，再也露不出表情，腿疾也是那时留下的，那次车祸还带走了她的父亲。因为面无表情，李芳蓓总是遭人误会，但她宁愿被误会也不愿解释，因为她不想让人知道自己其实是一个“面瘫”。

李芳蓓心里还压着一个秘密，她觉得那次车祸都是因为她固执地要出行才造成的，是她害死了她爸爸。虽然芳蓓妈妈一直开导她，车祸不是她的责任，但她还是自责。

“几年了，她都沉浸在自己的哀伤中不肯走出来，身边一个朋友也没有……你是第一个她从学校邀请回家的同学，谢谢你对她的友善和帮助……”芳蓓妈妈说着，眼眶濡湿。

我惊呆了，从来没想过，事情会是这样？芳蓓，她心里竟埋藏着这么多让她压抑的秘密，她的忧伤向谁诉说呢？没有人真正走进过她的世界。

我们总喜欢把和自己不同的人叫成“怪咖”，可是有谁知道李芳蓓的忧伤呢？她毫无表情的脸上写满了我们看不见的痛苦。她需要朋友，需要理解和关爱，可是我们做到了多少？

我们跟别人是有距离的，因为一些不为人知的伤痛，因为难以启齿的柔弱。我们很容易接近一个人，可是很难彼此拥抱。

每条路都有不得不跋涉的理由

第七辑 成长总是带着些倔强

我经常想的一个问题是，关于长大，关于成熟，这些词汇背后的真相是什么，潜台词是什么，是规则吗，是屈服吗，还是些什么？可是我知道，经历过社会浸染以后，每个人都会失去本来的面目！

那些让我拔节成长的陌生人

邹华卫

一个人的阅历，全部写在眼睛里，我的眼神从清亮到沉浊，所经历的不过是一场又一场的伤害和一次又一次的离别

——独木舟

小学

她是小区里打扫卫生的，与外婆差不多的年纪，显老、萎黄，腿脚有些不利索。

那年我即将小升初，考试频繁到让我厌恶，经常把从学校带回的试卷撕成小块随风一洒，然后恶作剧般看她一瘸一拐东跑西奔去捡拾。

娇生惯养，傲慢无知。我与许多生活优越的孩子一样，不知道什么是尊重。

那天我正从口袋里掏出纸片，她瘸着腿奔来，声音柔和地制止我。我强词夺理，用极不礼貌的语言回答她。她跟我讲维护公共卫生的重要性，絮絮叨叨一堆道理。我鄙夷地看着她，她还在说着，我大声地恶狠狠地迸出三个字——土老冒，再把手里的纸片尽力往远处一扬，然后大步而去。

良久回头，她已经追那些纸片去了。我心中有一种胜利的暗爽。

某周末午后，楼下尖锐的谩骂吵醒了午睡的我。望下去，一位衣着时髦的妇女正指着打扫卫生的女人，面目狰狞可怕，毫无素质可言。不远处的草丛里，一大箱烂掉的水果散乱着，汤汁四溅，连绿色的灌木上都挂了粘稠恶心的腐烂果皮。而打扫卫生的女人，她无助叹气，向四周张望着求救无果，眼里满是委屈和无奈。灼灼烈日下，戴着遮阳帽的她汗流浃背，把衣服打得湿湿的。在吹空调都嫌闷的夏日午后，她躬腰收拾擦拭这些垃圾残液，几乎需要

用去半个下午。

忽然明白，原来她承受过很多这样的谩骂与侮辱，而我也是其中一个。一时间我忐忑不安，内心经过激烈地挣扎之后，从冰箱里掏出两罐冰镇饮料下了楼。

我故意做出路过的样子，强装面无表情地说，那天是我不好，对不起。她抬头，诧异地张大嘴，受宠若惊。我把饮料递给她，她推辞不要，我坚持，她忙不迭地在衣襟上擦手，然后接过，放入随身的背包。

从那以后，她每次见了我都对我笑。

那年的冬天很冷，一场接一场寒流，新雪压着陈冰，毫无融化的意思。她拖着病腿，一天一天，一下一下清扫过去。我问她为什么年岁已大，还要出来辛劳，她黯然低头，然后微笑着小声说，女儿弱智，老头子又有病，我要养他们。

我的心皱缩成一枚果核。那天我知道，原来一个人只要为了家人，便可以这般坚持着，隐忍着走过一个又一个的炎夏与寒冬。

她一直定格在我少年的记忆里。我再没有乱扔过一片垃圾……因为我总能在不同的人身上，看到她的影子。

初中

初中时我考到了小城最好的实验中学，离家几站路，便义无反顾地选择住校。

因为不喜欢父母的絮叨。那时的我，与父母如同陌生人，只感觉自己羽翼已丰满，迫不及待地想摆脱他们，与他们相隔到越远越好。

学校门口有家卖油饼的小店，周末不想回家，我便成了小店的常客。开店的是一对夫妇，外地人，他们有个四五岁的男孩，常常倚在门口，调皮地冲我们笑。更多时，他一声不吭自己翻看油迹斑斑的画册，或在树下看蚂蚁忙碌，拨弄小花小草。夏日的午后，他就躺在小店门口的阴凉处，铺一张硬纸板，旁若无人地睡觉。客居异乡的艰苦日子，让这个应该在幼儿园无忧无虑玩乐的小孩早早成熟，不吵不闹。

又一个不回家的周末。晚饭时候，出门溜达的我排在了买油饼的队伍最后。男人手脚利落地烙饼，女人则忙火火地招待顾客，忙中出错，前面几位妇女开始骚动指责，我没弄清，女人是数少了饼还是多收了钱。妇女们显然是一伙，指着女人谩骂起来。男人很窘迫，一个劲儿地道歉，脸上尽是无奈与委屈。小男孩飞快地从树下跑过来，紧紧抓住妈妈的衣角，眼里满是惊恐。

很长时间之后人们散去，女人颓然坐到凳子上，男人拾掇着店中杂物，默默不语。小男孩松开女人的衣角，爬到女人膝上，他趴到女人肩头，一只小手尽力抚着女人的肩膀，另一只则轻拍女人的背，是一种极安慰、极体贴的姿势。

而就在这一瞬，我看到小男孩的泪水，他咬着下唇，努力忍着，尽力不被女人发现，大滴的泪，砸在女人肩头，瞬时洇开。

我的心倏忽间酸疼起来。小男孩强忍的泪水和满眼的惊恐像一记重锤砸在我的心口。我想起我忙碌的父亲和懦弱的母亲。我从来不屑与他们交流，即使是在他们人生的最低谷，我都不曾像小男孩一般安慰他们体贴他们，更不要说什么分担。我对父母，竟然连一个幼小的孩子都不如。

一夜没睡好，天蒙蒙亮我便回了家。从那天起，每逢出门在外，我有事没事便往家里打电话。

是的，我一天一天成长起来，他们，也在一天一天变老。

高中

高中时我考到县城，哥哥在离学校不远的医院工作，那年寒假到学校参加课外活动，便时不时到医院去玩。

医护办公室旁边的病房，住着一位中年妇人，面容憔悴。哥哥说她得的是慢性病，难以好转，只好定时来医院治疗，以保证病情不再发展。我对妇人印象深刻，不是因为她的病情，而是因为她的丈夫。

妇人的丈夫高大俊朗，举手投足有一种说不出的成熟味道，总是爽朗地笑，说极其幽默的话，逗得妇人与护士们开心不已。他完全没有因为妻子的病情，而表现出沮丧或痛楚，只看得出他因为陪护而略显出的疲惫。

他是一家大企业的副总，白天上班，晚上陪护，已经好几个月了。妇人两侧的桌子上，总是摆满物品，吃的、用的，好似已经把这里当成了家。妇人丈夫做饭的手艺，更是护士们议论的焦点，虽是家常菜，但种类之多，数不尽数。

那天哥哥值班，护士查房时我便跟在后面。妇人一大家子人竟然正在举行家庭宴会。我偷偷看一眼，有酒有菜，丰盛异常。因为是老病号，病人家属和医生护士相互熟悉到似一种特殊的朋友，也有许多病情之外的交流，妇人的丈夫便笑着为我们介绍，他们读高三的女儿和读初二的小儿子。他们一家人围坐在妇人身旁，叽叽喳喳说个不停，说学校、说成绩，也说妇人的父母，以及在她家里照顾两个孩子的公公婆婆。

晚上风很大，很晚我回学校，已经少有人走动。途经病房楼后院，我听见风里有一种奇怪的呜咽，寻声望去，是妇人的丈夫，在没有灯影的暗处，正哭得撕心裂肺。他把脸埋在手掌里，泪水从他指缝间漫出，晶莹却闪着冷冷的光。

情不自禁站在旁边陪他。过了很久，他终于抬起头，看到我的时候，已经只剩下啜泣。他到院子里的水龙头下用力搓脸，然后抬起头问我还看得出么，我说有一点儿。我知道，他羸弱的妻子还在病房等着他。

他再一次用冰冷的水洗脸，仔细地把水擦干，再在风口吹了一会儿，然后用力挺直腰杆，整一整衣服，深吸一口气，对我笑了笑，上了楼梯。

我不知道他为什么哭，是心疼妇人的病情或工作繁杂，还是一时找不到了生活的亮点。总之，他的脆弱不肯让父母孩子看到，也更不肯让他的妻子看到，他知道，他是他们心中最顶天立地的男子汉。

一刻间我突然体会，所有情感里面，隐忍应该是最深刻的一部分，我们可以为亲人奋力奔跑，甚至不惜跌倒疼痛，然后不顾一切地爬起来再坚持下去。

这一年我 18 岁。这个疲惫着坚持的男人，让我直面了人生的残酷真相。我看到他生活的一角，生活于他意味着巨大的压力，现实疯狂啃噬他的努力与冷静，以至于让他在寒冷的冬夜躲到无人之处，哭得像一个孩子。

未来

曾经以为，每天日出日落，岁月会带我一路前行，让我自然长成一个大人。可远远不是。这些生命里的陌生人，一次又一次让我在瞬间警醒与拔节，如当头棒喝、醍醐灌顶。

今为人子，终有一天，我也会为人妇，为人母，也会为生计打拼，为理想奔波，成为一个上有老下有小、有责任有担当的大人。人的一生，需要承受的东西太多，而疼我爱我的家人，却是一直催促我向前的动力。

未来某一天，如果我也可以与他们一样，为了亲人而忍耐，忍耐世事艰险，忍耐冰霜雨雪，哭过挣扎过，也仍然可以一如既往地坚持与感恩，可以笑脸面对这个世界，那时候我也算真真正正长大成熟了。

我们总要经历一些事，见过一些人，才会明白我们认识的世界和生活，是那么浅薄。于是我们就在那一刻，成长了。

成长总是带着些倔强

冬凝

逆风的方向，更适合飞翔，我不怕千万人阻挡，只怕自己投降。

——五月天

1

那天江小远看到一句话，说根生叶叶生花，花又结果，它们隔着距离却注定在一起。他双手掩了脸，许久放开，揉揉红过的眼睛，捡过一支镖随手掷出，“啪”一下，正好击中靶心。

想起久远前，幼年时的许多深夜。他在酣睡，床头灯绒绒的暖光还在为爸爸留着。本应静美的场景，却常常被妈妈低低的呜咽打断。

爸爸出门不带他。爸爸说，你跟妈妈玩。开始，他还闹着要骑爸爸大马，到后来，他转身不看爸爸，甚至屏住呼吸。他不愿意看妈妈的眼泪，不想闻爸爸身上浓烈的烟味儿。

爸爸又去赌钱了。他是在夜半压低的争吵声中知道的。他们以为他睡了，但他没有。他把脸藏在灯的黑影里，不声不响，眼泪跟着他们愈加激烈的争吵滑下来。

爸爸输了好多钱。妈妈不想让他知道。他像是怀揣了一个巨大的秘密。这让他难过。他觉得自己力气太小了，甚至看着那么简单的飞镖，他都击不中靶心，哪会有能力改变大人的事？

想到向爷爷求助是因为听到别人对他的议论。那人说，这孩子含着金汤匙出生，是富三代呢。他爷爷有能耐。

找爷爷！他记得自己下决心跟爷爷说这个秘密时，神情严肃，紧咬着嘴唇。

……

他上了小学，爸爸就不再出去赌了。妈妈也在家，整理房间，做饭擦地，再送他上学。妈妈是家庭主妇。他听到爷爷说，女人照顾好家，拼生活的事交给男人做。

妈妈听爷爷的话。妈妈和他一样，最佩服的人就是爷爷。是爷爷掀翻了爸爸的赌桌，断了爸爸再赌的念想。爷爷要爸爸从职员做起，爸爸不肯。妈妈用眼泪、用温柔，也用发脾气劝爸爸，都没用。爸爸不去赌钱的那些年，只在家看电视，闷了就出门钓鱼。

于是，家里的饭菜也慢慢不再丰盛。

妈妈说，看电视与钓鱼不能负担一个家的生活。爷爷对爸爸很失望，但妈妈还在催促鼓励爸爸走出去。妈妈说，花老人的钱你真的心安？儿子都大了你还长不大？

爸爸气恼，去去，做职员才几个钱？我不稀罕！

妈妈给江小远买课外书，他成绩不好，阅读量却很大。他最早喜欢的是恐龙，然后是兵器、战争、冒险，他还喜欢地理和历史。爸爸质问妈妈他这样的成绩哪配看书时，妈妈的声音又冷静又坚定：儿子喜欢我就支持，儿子应该是优秀的儿子。

当时他正捧一本关于导弹的书看得津津有味，爸爸妈妈的话还是飞进了他的耳朵，把眼睛从书上移开，有点烦燥，他抓起两支镖随手甩出。

都偏了。怔了好久。他觉得妈妈话里似乎有些异样的味道。妈妈会放弃爸爸吗？他突然想起爷爷的话，是男儿，就有一份责任，维护好这个家。

突然领会其中的意思。他握了握拳头。两只偏离靶心的飞镖，见证了他成长的瞬间。

那天晚上看电视，讨论某男主角的对与错，他突然蹦出一句，爸爸，我考试考好，你就出去工作吧。说着，他向爸爸伸出意欲拉勾的小手指。

那一刻，客厅里的空气婉转迷人。三个人面面相觑，还是他夸张地喊了声，我说我要考前三名！

妈妈笑了，爸爸咧着嘴，也伸出了小手指。

2

收了心，果然就优秀起来。

爸爸虽没去爷爷公司从头做起，却也在镇里开了一家小的零件加工厂，当然是爷爷出的本钱。爷爷并不看好，可毕竟每年略有盈余，足以维持生活。

妈妈很满足，脸上总是挂着盈盈的笑意。他的成绩一跃而起不说，单是爸爸做事便让她欣喜不已。他几次听到妈妈感谢爷爷帮助，也听到妈妈安慰爷爷不要再为爸爸纠结，妈妈说，这样很好了，我已经很满足，毕竟，这个家再也不用您老人家养着了。

其实他也疑惑过。他觉得妈妈是不是有一点过于操心。其实即便爸爸不做事，爷爷的钱也足够负担他们和大伯姑姑三家的生活。表哥曾压低声音告诉他，咱爷爷，有钱。

他问妈妈表哥说的是不是真的，妈妈抿住嘴，生气的样子。妈妈说，爷爷的钱跟你没关系，男子汉要自己去拼！

他跟妈妈解释，只是随便问问而已。其实，江小远一直是个有想法的孩子，他想考军校，想在将来研究尖端的武器。更何况，妈妈虽然做主妇，却也是努力的妈妈，她闲暇读书写文章，在他眼里，妈妈也算很厉害的作家了。耳濡目染，他又怎么会落后呢？

爸爸开始做事之后，妈妈仍然省吃俭用。妈妈对他说，读万卷书行万里路。男子汉大了，出去见见世面。

第一站选了北京。妈妈说自己没出过门儿，陪他出来就起个钱包的作用。于是，两人的吃住行全是他操心。

除去逛逛几个大景点，他就在军事博物馆、航天博物馆、科技馆这些地方逛，他的眼中充满好奇与急切，觉得自己就是一个小小的井底蛙。

几年时间，他与妈妈去过很多地方。漫漫长路，让一个不懂事的小孩迅速长大。他对生活对未来充满热情，他对妈妈说，妈妈，中考后的暑假，我想去西藏。

妈妈点头。他兴奋地与妈妈拉勾，一如小时候与爸爸拉勾时的郑重。

他把要去西藏的事告诉了表哥，表哥做鬼脸，你家还是有钱。

他欢喜地告诉爸爸，爸爸正忙着训练一只狗，没吱声。

他跟爷爷说起，爷爷脸上的笑容一丝一丝收了进去。去西藏、去西藏，你爸不上进，你妈也败家！

他愣了。爷爷从没这样发过脾气。他突然弄不明白，去西藏，究竟对，还是错。

3

江小远是个敏感的孩子，爷爷的态度让他满腹心事。其实也不必费很多心思，多留心，很容易弄明白一些事情。

爸爸的小工厂收益不多，也并不用心经营，赖以保障生活的钱，爸爸用来玩起了狗。他看到，妈妈眼里藏着深深的忧伤。妈妈沉默着，把原来做家务的时间，更多地用来读书写文章，她的第一部书，一部长篇少年成长小说，即将出版。

而爷爷的身体每况愈下。爷爷决定多分一份家产给爸爸，爸爸排行最小，也是最不长进的一个。可婶婶问爷爷，要说小弟家过的不好，弟妹怎么舍得带小远游山逛水，还要去西藏?

江小远正儿八经地与妈妈谈起爷爷与爸爸，也谈起去西藏的事。毕竟，他是将要上高中的少年了。

妈妈很平淡，她说她用了很多年希望爸爸有一点上进心，可失望之后，现在她要自己努力了。她知道爷爷的不悦。妈妈说，小远，你已经长大了，也有了分辨事情的能力。我许诺你去西藏，不能因为一份家产而失信，并且爷爷的钱是他老人家辛苦拼来，我们怎么有资格以不长进、以过得不好为理由而多得到一份呢？

几天后，他听到妈妈与爷爷的谈话。爷爷在听明白妈妈意思的瞬间怔住，继而恼怒。你眼里还有这个家？我指望你用这份钱改变你家！想办法帮你们，拒绝是什么意思？

江小远犹豫起来。要不，顺从爷爷？

妈妈的话温柔又坚决。爸，您的心意，我懂。您放心，亲情在，无论发生什么事，我都不会舍了这个家。只是小远，他在长大，需要开阔视野，需要经历和学习，他是您的孙子，他有理由做一个见多识广、有内涵的优秀孩子。爸，您也知道，一个上进又守信的孩子比这份家产更重要。

江小远杵在那里，尘封的往事破了口。爸爸的不争气，妈妈的努力，爷爷又那么急切的心情，他老人家满头白发，俨然会在哪一个不曾防备的顷刻突然老去。这一切，如潮水般一波接一波涌过来。

他漫无目的的把手里的飞镖一支一支掷出去。想了很久，仍然决定出发。他不知道自己算不算个任性的孩子。

正是黄昏，夕阳一点一点褪下去，他眯起眼。隔壁妈妈正在噼里啪啦敲打着键盘，而江小远，却马不停蹄地长大了。

人总是要自己学会长大相比起那些在溺爱中的孩子，主人公算是比较幸运的了。少点溺爱，多点锻炼的机会，人生便圆满了。

你是我最好的勇士

北卡不卡

做一个真正勇敢无畏的人。

——林肯

七年前，你开始学着独立。

那年的八月下旬，恰是蝉鸣聒噪的时节。

你离开生活了十七年的北国，在大学录取通知书的指引下，一个人乘坐老旧的绿皮火车，去遥远的古城西安寻找属于自己的壮丽天空。

那时的你很傻很天真，首次告别父母的羽翼，总以为这个世界到处充满宽容。

直到有一天，室友将你的暖壶碰碎，将你悉心照料几个月的小小盆栽打翻在冰冷的瓷白地面，却连一声“抱歉”都懒得说；

直到有一天，和你称兄道弟的男生，因你固执不肯借他抄袭四级听力答案，就此与你老死不相往来，发誓再不带你唱K、喝酒、打桌球；

直到有一天，你在城北的公交车站被小偷摸丢了手机和钱包，饿着肚子忍着眼泪，却到傍晚依旧四顾无门，怎么也回不去熟悉的南郊……

那时，你才终于明白，原来并非所有地方都叫家乡。

于是在某个傍晚，你孤单单地站在八里村的立交桥上，望着脚下车水马龙，在心中默默对自己说：在这个川流不息的世界上，只有自己才是永远不倒的靠山。

六年前，你开始学着温暖。

你常常听到“人情冷暖”四个字，然而真正领悟到其中的真谛，却是在零八年五月。

举国轰动的汶川地震，从遥远的川西一路而来，无情地撼动着你曾以为固不可破的古都西安。

那是你第一次经历地震，第一次直面大自然的怒吼。

多年以后的今天，你依然清楚地记得那些埋藏于残砖碎瓦下的动人画面。

你曾见过生的渴求，死的绝望，亦见过徘徊于生死边缘的勇敢与挣扎；

你曾见过呼啸而过的生死别离，痛彻心扉的哭喊铭记，亦见过亲人重逢时泛滥成灾的眼泪与欣喜；

你曾闭上眼睛，仔细聆听自己的心跳，以此祭奠那些消逝在昨天的人们……

在那段特殊的日子里，惦念与牵挂，悲悯与宽容，都成为唾手可得的心灵养料。

所有你曾以为奢侈的美好，都那么真切地融进你所生活的每一寸土地，浸润了行将封闭的内心。

为了躲避余震，你与同窗在操场上度夜。你们分享着彼此的零食，也分享着户外夏夜最为宝贵的蚊帐，亲密一如并肩多年的手足。

放飞孔明灯的一瞬间，你曾在心中为整个世界祈福，那么真挚，那么虔诚。

你希望那些你看得到的、看不到的艰辛，都融化在温暖的灯火中。你希望每一盏孔明灯都能搭载一段苦痛，一寸一寸飞向墨色的夜空，从此不再落入这饱经沧桑的人间。

走过那个充满动荡的五月，你已挥别了从前那只倔强孤高的后青春刺猬，重新拾回了属于这座古城的温度。

人情之中的冷暖悲欢，你终于迟迟懂得。

五年前，你开始学着坚强。

大三那年，你一边忙于社团事务，一边没日没夜地练习着英音听力。本就不胖的身子一天比一天瘦削，本就丰盈的心里却逐渐变得更加富足。

你那么信誓旦旦地去挑战剑桥商务英语，说要为来年踏入社会增添一笔亮色。你那么斗志昂扬地奋力前行，总以为缤纷的未来正在一步步靠近。

可是傻孩子，这世上哪会有不经历痛苦就能成长的好事？

在某个瑟瑟冬夜里，你忽然接到家里打来的电话。

你这才知道，母亲竟因为太牵挂远方云游的你，患上了严重的“抑郁症”。这种恶魔般的病症与心脏病一起，终日折磨她，令她苦不堪言。而父亲心中愁苦，肝病也随之发生了无可逆转的恶化。

那一刻，你紧紧握着听筒，努力不让眼泪落下，忽然就变得坚强起来。

成长是什么？就是曾经顾影自怜、悲春伤秋的自己，终于能够勇敢地站出来，朗声地告诉这个世界——我可以承担所有生命不能承受之重。

从那天起，你就变得比从前更加忙碌。室友总说你是“无事忙”，你却只能苦笑。若真的无事，谁不愿快意人生？

可你只能马不停蹄地朝前奔跑，既不放弃你执意要征服的电子学专业课和剑桥英语，亦不冷落堆积在床头的营养学和心理学书籍。

在生活的遥遥路途上，你背负着命运交给你的使命，肩负起亲情施予你的重量，就这么一路跌跌撞撞，踽踽独行。

也许你不曾拥有太多围炉夜话的美好时光，可是多年以后，当你终于成为生活中无可匹敌的强者，当你终于将自己塑造成自己最喜、最向往的模样，你真的可以堂堂正正地说一句：

“感谢岁月赠我以磨难，也感谢我所拥有的那些，近乎偏执的坚强。”

四年前，你开始学着领悟。

每一个即将挥别象牙塔的孩子，都曾经历过那样一段兵荒马乱的年月。

那时的你，也同身边所有人一样，跻身在求职问路的汹涌人潮中，晨昏昼夜不得清闲。

夜色深沉时，你手捧一杯浓茶，拧着眉头研习五花八门的面试技巧，如此奋战到天明。

晨曦初现时，室友仍在睡梦中，你却已将一身暗蓝小西装穿得笔挺利落，与静谧沉睡的校园挥手作别，辗转着赶往下一个面试地点，或近或远，仿佛永远不知停歇。

印象里，你曾自信笃定地完成过数不清的面试，却也曾在一次压力面试中，经不住面试官太过凌厉的质问，难堪地当场落下眼泪。

很久以后，当那位英俊睿智的面试官终于成为你踏入社会的第一位指导人，当他温声软语地宽慰你，叫你不要对他当时的刻薄记恨在心，你才迟迟领悟一个本来浅显的道理。

原来这世间真的没有绝对的非黑即白。

那些你以为困顿的局面，终将迎刃而解；那些你所忍耐过的一切，终将化作丰厚的养料，滋养你未来的百态人生。

如果不曾尝过慌乱的滋味，又如何才能懂得何谓从容？

当有一天，你与毕业季依依惜别，你终于清楚地觉察到这一年来的收获——浮夸已远，而淡然依旧。

如今，你已破茧成蝶。

三年前，你开始学着感恩。

北漂生活的艰辛，远远超出了你的想象。

你曾说，北京这座城市就像是一个激进的角斗士，永远行步匆匆，永远马不停蹄。

记不得有多少次，你在澄明的镜子里看到自己的倦容，总忍不住想起早秋原野上的蒙蒙雾霭，与远处未落的星月融在一处，落于心底，变成一声模糊而遥远的叹息。

你曾在一篇日记里写过这样的字句——时光如同佚名诗人的笔触，轻柔地落在每个人的眼角眉梢，一横一撇写就韶华，一竖一捺书尽青春。

偶尔，你会怔怔地望着拥挤的人群，心生感慨，抱怨青春不再，而岁月忽老。

然而更多时候，你却是心怀感恩的。

感谢没日没夜的辛苦劳作，令你在漫长的年月里衣食无忧；

感谢百般挑剔的老板与客户，令你明白怎样才能在这个竞争林立的世界里为自己霸占一方净土；

感谢游子离乡的孤单，令你更加真切地体会到亲情的分量，从遥远家乡传来的只言片语，每每落在耳中，便如坠心头……

一直以来，你似乎总在马不停蹄地失去着什么，然而，你却永远不会因此而变得一穷二白。因为在那些斑驳明灭的暗影中，你总能看到阳光透过罅隙，落成岁月里最为明媚的影像。

你始终记得——心若宽广，世界便可成为宽广的模样。

这些年来，我看着你一步一步孤勇前行，也曾无数次为你心酸，为你心疼。然而，在这封信件的最后，我只想将《巴别塔之犬》里最触动人心的话语送予你：

你是我最好的勇士。

You are my best warrior.

人总是要学会长大，经历蜕变。而这些，都是自己去完成的。因为每个人到了最后，只能是自己面对断壁残垣，经历过黑暗和幻灭以及无力感，最后你才会彻底勇敢起来。

在二十岁之前，去二十岁之后

阿识学长

青年的敏感和独创精神，一经与成熟科学家丰富的知识和经验相结合，就能相得益彰。

——贝弗里奇

在我二十岁之后，每次朋友约我去 KTV，我都想编出很多个理由拒绝参加，我说我不会唱歌，不会喝酒，更不会聊天。我总觉得像我这样的一类人坐在 K 歌房里只看着别人尽情嘶吼、深情演唱、将酒瓶和易拉罐弄得哐当作响，会是一件特别尴尬的事情。我会时不时看看手表，去去洗手间，将水龙头来回地拧开又拧紧。我就这样把自己弄得没精打采，然后摊在沙发上睡起觉来。等我被朋友叫醒时，天已经蒙蒙亮了，大家都要散伙。

有很多时候，我们明明知道自己不喜欢做某一件事，但我们还是会硬着头皮去喜欢。我们可以说自己没有主见，但我们绝对不能对别人说，你不要再强迫我了。因为二十岁之后，我们所面对的不单单是纯纯的友谊，更多的还是社交和资源。

长大成二十岁的人，内心确实是挺孤独的。我们一再强迫自己不能再像二十岁之前那样放荡不羁、热爱自由，我们明明骨子里讨厌抽烟和喝酒，却还是义无返顾地蹲在路边大口大口地抽吸起来。我们的真实想法就是因为风吹走了二十岁之前的云彩，才会被雨淋湿。二十岁之后的每一场雨都可以说它不解二十岁之前的风情。

我记得我二十岁之前，其实是一个特别喜欢唱歌的小男孩。每次班里上音乐课，即使老师没有拿麦克风又或是没有音乐伴奏，我也会将手举得老高，然后把书本叠成圆筒状，一飞到讲台上就扯破喉咙飙《青藏高原》。我明明知道自己的嗓子不够清亮，吐字总嚼舌根，我还是会唱得激情高亢。有很多次，我唱着唱着就直接站在了老师的讲课桌上，我竟像一位歌唱家，又唱又晃，还指挥其他同学。没有一个同学说我唱歌不好听，虽然我跑调了，但我很接地气，我的歌声能给他们带去欢笑，留下深刻的印象。

也许，你活在这个世上已经唱了很多首歌，但你并不觉得有一首歌能够等别人再听到时会想起你。这不是你的嗓子不好，音质不准，而是你不懂二十岁之前的我们。

我总说，二十岁之前的我们"坏"的透顶。我们巴不得学校每天停电，那样就不用再上晚自习，我们便可以在月光下张扬自己，唱起歌来。有很多人在白天会假装不会唱歌，但一等到晚上大家都开口了，他一定是那个坐在教室最后一排唱得最响的人。他实在太压抑了。

我也总说，二十岁之前的我们整天乐不思蜀。周末一放学，我们就会成群结队的跑到网吧。女孩子喜欢玩 QQ 炫舞，她们会一边摇头晃脑，一边将音量上下来回地调拨。男孩子则对自己的 CF 战友爱之深又恨之切，他们总扛枪对骂，在耳麦里叫得热火朝天。我们真巴不得那小小的世界只有自己的声音。

如果不泡网吧，那我们肯定会跑到 K 歌房唱歌。那时，我们最迷恋的歌手莫过于许嵩和周杰伦了。因为学校的广播里总放他们的歌，所以我们总喜欢坐在教室里交头接耳，到底是许嵩的清新文艺范好听，还是方文山给周杰伦写得中国风歌曲好听。等我们到了 K 歌房时，才会惊奇的发现，原来许嵩和周杰伦可以唱得一模一样，因为麦霸总是一个调调。

在我二十岁之前，我也是个名副其实的麦霸。我总跟着比我高出一截的一大帮同学，在一家开在胡同旁的 K 歌房唱歌。无论新歌老歌、民歌山歌、儿歌情歌，只要我能哼出一两句的，我就会拿着麦一会儿跑到左边哼哼，又有一会儿走到右边哦哦，真是不上不下，不前不后，又唱又读。如果有哪位同学说我故意影响他唱歌了，我一定会和他吵得面红耳赤。如果有同学说我是块音乐绊脚石，即使我打不过他，我也会趁他不注意先给他一拳。麦霸是不允许输在别人后面的。

但在我二十岁之后，渐渐地，我发现自己不怎么爱唱歌了，我只单单喜欢一个人塞上耳机听歌。我越来越不喜欢许嵩和周杰伦的歌了,我反而越来越迷恋华仔和Eason,我觉得他俩的歌能唱出我二十岁之后的声音。

我二十岁之后时,我想要一轮大大的圆月亮,然后我每天晚上看完书就可以盘起腿,坐在有风吹过的草坪上一动不动。不要问我为什么会发呆,也不要管我是自言自语还是偷偷流泪。说真的,自从我二十岁那天和一些人、一些事在K歌房告别之后,我就发现自己再也不渴望长大了。

曾经因为很喜欢唱一首歌,发誓要快快长大保护她,却等到自己长大以后,她不在了,我看不见了,剩下来的时间,便一个人静静地听歌。

我经常想的一个问题是,关于长大,关于成熟,这些词汇背后的真相是什么,潜台词是什么,是规则吗,是屈服吗,还是些什么?可是我知道,经历过社会浸染以后,每个人都会失去本来的面目!

你没有资格嘲笑我的梦想

罗光太

走得最慢的人，只要他不丧失目标，也比漫无目的地徘徊的人走得快。

——莱辛

1

“喂，大作家，你最近又写了什么‘伟大’著作呀，拿出来让大家乐一下，我们好帮你提提建议，万一有一天你成名了，可得记住都是我们的功劳。”

“呆瓜，你还整天捉摸你的文章呀？我告诉你，没用的，就凭你的智商，根本不行，连学习都搞不好，你以为你可以成为‘莫言’呀？”

“写什么写？脑子有病。人生短暂要及时行乐，走，兄弟们，我们玩去吧，留下这个大呆瓜，让他一个人写去吧。”

……

每天在学校，我总要面对这样的狂轰滥炸和言语伤害。我很后悔在“我的理想”为主题的演讲比赛上说出了一直埋藏在心底的秘密——我想成为一名作家。我没有想到事情最后会演变成这样。

我学习成绩一般，所以大家觉得，像我这样成绩不出众的人根本不可能成为作家。难道成绩不好的人就不可以有自己的梦想吗？我没有想要别人支持我的梦想，但我也不希望被人嘲笑。那些嘲讽像把无形的刀，刀刀都剐得我心里血淋淋。

我喜欢写作，喜欢用文字来表达内心的情感，宣泄郁积在心里的烦恼。我的脑海里总会莫名地产生一个故事，然后我沉溺在自己虚构的故事中独自快乐或忧伤，有时掬一把热泪，自己将自己感动。

我把这些感动过自己的故事化为文字，打在电脑里，一篇又一篇收藏在文件夹中。这个梦想已经在我心里埋藏很久了，我一直在努力。可是当我把自己的梦想说出来后，我遭受了太多太多的讽刺和嘲笑。

2

我的同桌李强伟，他是一个不学无术的富二代，他说他最鄙视我这样的“假正经”，每次看见我在看书，他就会一脸鄙夷地说：“看看看，真以为自己会成为大作家，也不撒泡尿照照自己。”有时，他不仅言语上攻击我，还会把我的书抢走，几个人扔来扔去闹着玩。

刚开始我让着他，虽然他的成绩很差，但体育好，为班级争夺过不少荣誉，在班上人气很旺。我还听同学说过，他家给学校很多赞助，连老师都对他另眼相待。

惹不起他，我就躲，尽可能不与他交往，更不想与他产生冲突。父母一直告诫我不要与同学发生矛盾，我自己的性格本身也比较怕事。可能李强伟也看出了我的躲避，觉得我懦弱，他变本加厉地嘲笑我。

有一次，他甚至把我写到一半的文章抢过去，在班里大声宣读，他阴阳怪气的语调，把我的文章读得不伦不类引得哄堂大笑，甚至有同学为了捧李强伟的场，还故意尖叫起来。

我抢了几次都没抢回自己的文章，气愤地叫他别太过分，他却是得意洋洋地说：“怎么样？你还想打我不成？”然后故意支起我的下巴恶心我。

“李强伟，你要小心哟，要不然哪天大作家一生气就把你写进他的文章里，把你写成一个缺胳膊少腿的花心大萝卜，到时候你得求他帮你恢复名誉……”一个同学煽风点火想激起李强伟更多的作弄人的伎俩。

“是是是，我差点忘记了，我的同桌是个呆瓜大作家，他手中的一支笔可是掌管天下苍生的命运，他到时候把我们都写成坏蛋啦，好了好了，我还是先讨好讨好他，以后把我塑造成一个杨过那样的大英雄，杨过可是我的偶像呀……”李强伟在大家的笑声中滔滔不绝地演说，还边说边演，气得我坐在位置上，一直努力地强忍住眼眶中的泪。

“李强伟，你看大作家要哭了，还是算了吧！”

“哦，要哭了？那就哭吧，哭吧，反正男人哭吧，不是罪。”李强伟乐着说。不过，他可能确实也看见我的眼中噙着泪，算是放过我了。

“你不会这么小气吧？开个玩笑也要哭，大作家，不哭哟！”李强伟在上课铃响起时又刻意趴在我的耳畔小声低语。他装作很友好地搂着我的肩膀，见我没搭理他，又继续说：“考试还得靠你，虽然你的成绩也不怎么样，但好歹可以让我抄个及格。”

我瞪了他一眼，没说话，虽然心里很难过，但我不知道要如何做才好。他打着开玩笑的幌子来嘲笑我伤害我，我拿他没撤。我打不过他，而且打架的行为很低级，会受到学校处分，万一父母知道了，我也不好交待。

3

在班上，我总是沉默寡言，独来独往，是别人眼中的“另类”。遇见一群这样的同学，再遇上一个这样的同桌，我觉得自己的人生真是悲剧。

语文老师是学校里对我最好的人，他很喜欢我的作文，每次都给高分，而且时常当成范文在班级里读。可是老师这样鼓励我，却也在无形中给我造成了压力，同学更是因此嘲弄我，逗乐我。语文老师一直不知道我在学校里的情况，只觉得我是个内敛低调的学生。后来他可能也听到了一些风声，于是来开导我。

“有梦想是件很美好的事，而且你一直在努力兑现，这更是难能可贵的。可能许多人也有这样那样的梦想，但又有多少人在为自己的梦想做努力呢？没有人能随随便便就成功，梦想的实现是要经历千辛万苦……别人的嘲笑你要把它当成一种鞭策，谁在实现梦想前都会听到类似的声音……”老师平静地述说着，他说得很慢，让我有时间去思考。

临离开时，老师拍着我的肩膀很肯定地说：“我相信，只要你一直在努力，梦想早晚会成真的，加油！”我抬头望着老师的眼睛，抿住嘴，挤出一个“嗯”字。我心里的梦想之火在老师的开导下越燃越旺了，我不知道要如何表达自己的激动，只能用最简单的一个“嗯”字表达我对老师的承诺。

我要按老师说的做，不仅要写好文章，而且也要把学习成绩提上去，只有全面发展才能为今后的写作打下扎实的基础。老师说得对，写作并不是一朝一夕的事，只要喜欢，只要想写，可以用心经营一辈子。

我想好了，我要先把成绩提上去，以后在不影响学习的情况下写作，那些故事在我脑海中早晚可以生根发芽的，不急。于是有一段时间，我放下了手中成天抱着的国内外名著，放下了厚厚的习作簿，搁置起键盘，拣起数理化课本，虽然不喜欢，也要努力学好。

4

没有人明白我怎么突然就不那么热衷看书了，于是各种疑问和嘲笑又涌动起来。

“大作家？不写作啦？放弃啦？原来你也只是三分钟热度，我还以为你有多坚持呢？你和我有什么区别？”李强伟看我有段时间没再埋头写作时，好奇地问我。

“我和你根本就不一样，你有梦想吗？你努力过吗？”我头也没抬，顶了一句话回去。

“哟！会顶嘴啦？还理直气壮的？”李强伟说着又趴过来恶心我。“尊重点，恶心我也是恶心你自己。”我推开他的手，不屑地说。

李强伟悻悻地挪回位置，他不相信一直被他欺负不敢吭声的我，居然也敢顶嘴了，而且还甩开他的手。他气乎乎地说：“你有什么了不起呀？你以为你真是什么大作家吗？呆瓜，开个玩笑都开不起，你以为你能成为莫言呀？我才不信。”

我没再说话，只是转过头认真地看着他，看他说话时脸上变化的表情，突然觉得他很可怜也很搞笑。他倚仗家里有钱，是个富二代，不学无术，没有梦想,更不知道努力是何物,他这样的人有什么资格嘲笑我的梦想呢?梦想的悲催不是倒在途中,而是从未出发。

在李强伟絮絮叨叨地责骂我时,又吸引了众人的眼球。一有人关注,他就兴奋起来,开始大张旗鼓地再次嘲笑我的梦想,几个和他一样的同学跟着附和。

我忍了很久,实在是忍无可忍时,我站起身,勇敢地面对李强伟说:“你没有资格嘲笑我的梦想。你有梦想吗?你努力过吗?有梦想是件很可笑的事情吗?值得你这样一次又一次哗众取宠地嘲弄吗……”

我没想到,我的一席话说完时,会赢得掌声一片,还有同学为我欢呼叫好。我看到李强伟的脸涨得通红、通红的。

理想远大并不可耻,至少朝着理想的方向努力过;可耻的是没有目标,精神和行动一样空虚。

菜园被毁之后

雷碧玉

无论什么时候，不管遇到什么情况，我绝不允许自己有一点点灰心丧气。

——爱迪生

那年，高考的意外失利，给了我致命的重创。我独自黯然回到乡下老家，沮丧失落，不想见任何人。

自家的院子前有一大块菜园，父亲成天在那忙得汗流浃背，除草、松土、捉虫，似乎没有一刻闲的时候。看我整天情绪低落，心情郁闷，父亲便提出让我帮忙，无所事事的我答应了。我想，种菜该是最简单不过的事了，何以这么辛苦。

“爸，大自然的空气，水，加上阳光的光和作用，就是绿色蔬菜最佳的养分，您根本用不着这么辛苦，天天候着啊。”在父亲面前，我很自傲地卖弄起自己所学的知识。父亲只是笑笑，没有说话，当即用锄头划出一小块地，给我种子让我尝试做一回菜农。我很自信，如此小事，于我根本不在话下。

学着父亲的样子，我也有模有样地管理起自己的那块方寸之地。松土、撒种、浇水，然后就是静静的等待。那段时间，“守园”成了我每天的必修课。每一次浇水，我都会近距离地、很仔细地观察菜地是否有动静，哪怕仅是微小的变化亦会让我欣喜。终于，多日的辛劳换来了“小荷才露尖尖角”的那一刻。开心之余，我很得意地向父亲展示自己的劳动成果，父亲只是笑笑，仍是不语。

不承想，几天后，一场突如其来的滂沱大雨给菜园带来了毁灭性的打击。看着一片瘫倒在泥水中的嫩芽，我心痛地直流泪。

“没事，咱们重新再来！”父亲笑着递上种子，用力拍拍我。再次播种、浇水,依旧是静静地候着。只是这次我多了一个心眼,用一块塑料严严实实地罩住整块地,以防暴雨的再次袭击。可暴雨过后,温度的急剧升高却让我始料未及,第二次的尝试仍以失败告终。沮丧、失望再次冲击我的心房。

"别放弃!重新再来!大自然风云莫测,你要学会如何去应对。"父亲再次递上种子。有了前两次的前车之鉴,再加上向父亲的虚心请教,这一次的种菜过程似乎顺利了许多,浇水,除草,捉虫,每一件事,我都尽心去做,终于迎来了菜园绿油油的美景。

咀嚼失败让我明白,人的一生总会遇到各种失败与挫折,不要轻易放弃,重新再来,成功就一定属于你!

重新回到学校后,我以全新饱满的热情全力投入学习中,最终在第二年的高考中取得了好成绩,被师范大学录取。

我们无法预料未来,不管前面是坑还是洼,只要内心充满信心和毅力,不言放弃,就能走到平坦的大路上。

用双脚演绎的精彩人生

成子

如果你足够坚强,你就是史无前例的。

——弗·司各特·菲茨杰拉德

2014 年 12 月 11 日,在奥地利首都维也纳的金色音乐大厅,一个失去双臂的青年正在用双脚在钢琴上演奏中国名曲《梁祝》,那流畅的节奏、优美的旋律震惊了在场的所有听众。他就是来自中国北京的“断臂钢琴师”——刘伟。

1987 年出生的刘伟,本来有一个健全的身体,快乐无忧的童年,而且梦想长大后能够成为一名钢琴师。但这样的生活和梦想在他 10 岁那年戛然而止,一次和伙伴们捉迷藏,刘伟不小心碰到了高压裸线。在医院醒来的刘伟发现自己被截去了双臂,整整哭了三天三夜,时而昏迷,时而清醒,可怎么哭也解决不了问题,只能无奈地去面对现实。

出院以后的刘伟开始尝试着用双脚代替双手,用它来刷牙、洗脸、写字……因为他清楚地知道,自己以后的生活就要靠双脚了。从这时候起,刘伟开始努力学习了,暂时不能去学校就在家里自学。任何事情他只要想学,都能学得很快,做得比别人好。两年之后,刘伟回到了自己原来的班里,到了期末考试,刘伟仍然拿到了全班前三名的好成绩。

带给他截肢后第一次改变的是在做水上康复训练的时候学会了游泳,并加入了北京市残疾人游泳队。在队里,他的伤残程度是最严重的,跟盲人、聋哑人一起训练时就要多付出百倍的努力。两年之后,刘伟用双脚为自己创造了奇迹,在 2002 年武汉举行的全国残疾人游泳锦标赛上,他一举夺得了两金一银;2005 年、2006 年连续两年获得了全国残疾人游泳锦标赛百米蛙泳项目的冠军。那时,刘伟对母亲许下承诺:在 2008 年的北京残奥会上要拿一枚金牌回来。

为了这个承诺,刘伟开始了高强度的训练,在训练时他常常感觉发烧头痛,为了不影响训练只好去医院检查,检查结果是:他患上了过敏性紫癜。医生告诉他不能再进行强烈运动了,不然双腿都会保不住。命运的打击使他的心情再次跌入谷底。这时的刘伟已经是一所重点高中的高三学生,通过自己的努力学习成绩一直很优秀,考入一所重点大学是不成问题的。

天意弄人,就在刘伟备战高考的时候,一天放学,无意间路过一间琴房,里面传出一段美妙的钢琴旋律,他呆呆地站在琴房门口,听得如痴如醉。这时,他暗自做了一个重大决定。

2006 年 9 月的一天早上,刘伟对父母说:“我不上学了,我要学钢琴。”母亲听了厉声喝道:“你在胡说什么,马上就要高考了,不抓紧学习,你还想瞎折腾什么呀?”

父亲也说:“你连手都没有,你怎么弹钢琴啊?放着大学不考,这不是胡闹吗!”

刘伟反驳道:“即使考上大学,我也不可能会像一个健康人那样去上班,未来的生存还是存在问题,与其这样,还不如做自己喜欢的事情。”

听了刘伟的话,父母也语塞了,他们不知道该怎样去劝说儿子,也清楚地知道,弹钢琴对刘伟来说根本是件不可能的事情。经过一番激烈的争吵后,倔强的刘伟始终坚持自己的决定。他买来各种乐理方面的书籍,闭门苦读,还整天对着电脑哼哼唧唧地学乐曲。母亲总是趁刘伟不在的时候把他的书藏起来,刘伟会把书找出来继续专研,找不到了,就再去书店买。就这样,刘伟学习并掌握了不少乐理知识。

母亲知道,儿子这是铁了心了,一旦决定的事情他是不会妥协的,只好答应让他先试试看。母亲带着刘伟找到了一家私立音乐学院,当校长了解了刘伟情况后，脸上写满了惊恐和不屑："没有手怎么弹琴？这样的孩子我们怎么教啊？"刘伟回应说："谢谢你这么歧视我，早晚有一天，我会证明给你们看。"校长的态度也让刘伟的母亲下定了决心，她从亲属家里借了13000块钱，为刘伟买了一架钢琴，决定全力支持儿子学钢琴。

虽然刘伟的脚趾已经非常灵活了，能够用脚拿笔写字画画、用脚趾打字发短信，能够独立完成生活料理，但弹钢琴毕竟和生活料理不一样。有些事情只有你跟它面对面的时候，才知道有多难。面对钢琴，刘伟根本不知道如何下脚，就连能安稳地坐住都成了一个大问题。为了不影响演奏效果，普通的钢琴椅是不带靠背的，而且要比钢琴键盘矮很多，即使他用尽全身的力量，双脚也很难达到正常人触手可及的高度，一抬脚整个身体就会往后仰，几次从椅子上摔下来。后来，父亲把他的椅子提高了并在后面焊上了15厘米的小靠背，这样，经过长时间的训练，终于能坐稳了。但演奏时，双脚是要悬在琴键上的，由于没有落脚点，腿、腰、腹部就要用力来支撑，不到几分钟，这些部位就会隐隐发痛、抖动，甚至抽搐。虽然刘伟早有预料，自己学钢琴会遇到很多困难，但没想到，还没有上路就遇到这么多比登天还难的问题，除了默默忍耐，别无他法。2分钟、5分钟、10分钟……虽说坚持的时间越来越长，可时间久了身体也吃不消。这时父母为他想出了办法，为他做了一个脚踏板，放在琴键的前面，让他可以把脚跟放在踏板上，这样，双脚就不用总悬在琴键上了，学起来轻松多了。

在接下来的日子里，刘伟又克服了脚趾的张开度等众多难题，夜以继日、废寝忘食地练习起来，每天都要练习10个小时以上，除了吃饭睡觉的时间，几乎都是在练琴。不到两年时间，就达到了正常人用手弹奏钢琴的7级水平。

2008年4月9日，在北京电视台主办的《唱响奥运》晚会上，和刘德华同台演出并合作歌曲《天意》。2010年8月走上首届达人秀舞台，并最后夺得冠军。2012年2月又获得2011感动中国人物奖。22岁时，刘伟还成功挑战吉尼斯世界纪录，成为全世界用脚打字速度最快的人。

2014年12月，登上令所有音乐人瞩目的维也纳金色大厅演奏中国名曲《梁祝》,并受邀前往英国伦敦与前首相夫人切丽布莱尔会面。刘伟的演奏完美得天衣无缝,震撼了全场。

正如他在出版的自传《活着已值得庆祝》中所说:“我觉得我的人生中只有两条路,要么赶紧死去,要么精彩地活着。”当然,倔强和坚强的刘伟没有选择前者,却通过不懈的努力,付出了超过正常人千倍、万倍的代价,用双脚演绎了自己精彩的人生。

要么死,要么精彩地活着。大部分人都只是“活着”,精彩哪里去了?不懈的努力、加倍付出,让自己也活出点“彩”来。

掀开人生的灰布

林玉椿

每朵乌云背后都有阳光。

——吉伯特

在学校里，她是一个热爱读书的学生，整天跟书本打交道，甚至在等车上学时，也总是聚精会神地盯着书本。她衣着简朴，经常穿的衣服是色彩最单调乏味的颜色——灰色。由于她专注于读书，穿着又土气，令许多同学觉得她沉闷而无趣。

高中时的一天放学后，正当她独自默默地走向校外，忽然听到背后有人用带着讥笑的语气说："瞧，那就是我们班的'灰老鼠'，全班最没劲的一个女生！"她回过头，看见班上的两个男生，正跟其他班的几个女生望着她窃窃私语，并不时发出大笑声。

她知道他们是在议论自己，那一刻，她满脸通红，心仿佛被针扎了一般，想尽快从那些像看外星人一样的目光中逃出来，可是刺耳的话还是从背后传来："你看她穿的那身灰色衣服，真是土得掉渣，真怀疑她是不是我们这个时代的人！""你们知道吗？连班上最差劲的男生也不会正眼瞧她一下！"……

她的内心被深深地伤害了，泪水夺眶而出，狂奔着出了校门。一回到家，她就冲进自己的房间里，扑在床上，嚎啕大哭起来。

这时，她的父亲走了进来，亲切地问她发生了什么事。她哽咽着将同学们对她的嘲笑一五一十地告诉了父亲。

父亲沉默了一会，然后抚摸着她的头说："孩子，你要知道，发光的东西并不会因为蒙上一块灰布而失去光泽，它只是被暂时忽略而已。而且这未尝不是一件好事，因为它不引人注目，也就会使自己少受些干扰，可以让自己一心一意地积蓄力量，从而在别人的不知不觉中成长起来。一旦适当的机会来临，掩盖在它身上的这块灰布被掀开后，它耀眼的光芒必将令人刮目相看！”

她停止了哭泣，仔细地品味着父亲的话——是啊，被人忽略、被人低估，这未尝不是一件好事，只要自己躲在角落里不是沮丧，不是沉沦，而是努力，而是拼搏，那么总有一天，人们终将知道自己是闪闪发光的金子。

她对父亲点了点头，坚定地说：“我明白了，爸爸。你放心，以后我不会再在意别人的那些嘲笑与讥讽了，他们爱说这些无聊的东西，就由他们说去吧。”

父亲微笑着说：“很好，你要做的，不是对别人的嘲笑采取什么回击，而是必须永远比同龄人更出色。”

父亲走出房间后，她将父亲说的那句“必须永远比同龄人更出色”的话写在一张卡片上，贴在自己的床头，并决心要将这句话作为自己一生的座右铭，激励自己奋斗不息。

从那以后，她更加发奋读书。她的成绩变得更加优秀，并在后来的日子里拿下了物理学博士学位。

1989 年 11 月 9 日，柏林墙轰然“倒塌”。这时，“沉闷”的她突然决定投身于政治。10 年后，她以 95%的高票当选为基民盟主席，成为这个历来由男人主导、思想比较保守的党派的第一位女党魁。

刚开始时，她给人们留下的印象是矜持和不苟言笑，有时甚至显得有些拘谨和腼腆。当她接过基民盟大印之初，许多人并不看好她，认为她只不过是一个靠他人提携而走上权力巅峰的“政治花瓶”，或者是一个临时收拾“烂摊子”的过渡人物，特别是党内那些野心勃勃的新生代政治家，私下里都在打着取而代之的如意算盘。然而，她越来越成熟，越来越老练，并牢牢地掌控着局面，那些自命不凡的政治家们逐渐被她的政治魅力所折服。

2005 年 11 月 22 日，她在竞选中打败施罗德，成为了德国历史上的第一位女总理；2009 年 10 月 28 日，她再次胜选，继续连任德国总理；2013 年 9 月

22日，她再次赢得选举胜利，第三次出任总理——她创造了历史。

她就是安格拉·默克尔。这个当年校园里的“灰老鼠”，终于掀开了掩盖在自己身上的“灰布”，光芒四射地出现在世人面前。她从被人忽略的角落中，充满自信地走了出来，出色地完成了人生角色的转变。

当别人好奇地探寻默克尔的“制胜法宝”时，对默克尔有着深刻了解的老同事辛德赫尔姆说：“一直以来，人们并不真正认识她。因此，她常常被对手所低估，她的成功有一个很重要的因素——就是由于她的‘不知名’。可是，一旦她拥有了自己的舞台，她就将最完美的自我展示给了世人。”

在安静的时间、空间里充实自己远比谈论别人嗤笑他人有用得多，闭上嘴巴多做事，总有机会发光发热。

这一场修行

叶浅韵

人不率，顺不从；身不先，则不信。——《宋史》

活着，就是一场修行。对于许多普通的人来说，这是一句轻松而洒脱的禅语。而对于坐在我面前的这个面无一丝血色的男人来说，这句话有非同小可的意义。他以一个修行者的姿态行走在生命的边缘，他深情地拥抱着大地，用生命的厚度谱写了一曲曲壮丽的凯歌。

在我来之前，这幢破旧的楼上，不足九十平米的房间里，来来往往的媒体早已拥挤不堪。怀着对一颗朝圣者的灵魂的膜拜，人们争相而来，以赤子之心歌颂他，赞美他。我为一方热土而来，我为一种崇高而往。一颗忐忑的心有些激动和不安，我迫切地想要走近他，走近这个有着钢铁般意志和海洋般情怀的人。

他叫渠立强。自知道他的名字和事迹以后，他就以一座雕像的姿态站立在我的心目中。在他的名字后面，有许多光环。全国五一劳动奖章、感动中国人物候选人、全国科普工作先进工作者等，他还被当地乡亲们称作“丰县的焦裕禄”、“身边的财神”。

刚做完透析的渠立强，羸弱的身体斜靠在沙发上，绛黑色的脸显得疲惫乏累。他想努力让自己端坐着，却显得有些力不从心，他略显抱歉地用一双真挚的眼神看着我。我说，把我当成丰县一个种地的普通老百姓吧，我是来向你讨教农业科技的。他憨厚地笑笑，指着桌子上的无公害水果让我边吃边说。他的妻子孙瑞林张罗着倒茶，才坐下，又赶紧去找测量血压血糖的仪器。

这是一个用生命与时间赛跑的人。他将自己的一腔热血洒在丰县的大地上,他的脚丈量过丰县的每一寸土地,在土壤肥料、农产品质量安全和生态农业建设推广领域勤奋耕耘,硕果累累。实验室里摆着他从各地采集回来的不同的土壤标本上千份,日记本里记着无数实验数据和工作心得,许多获奖的论文来自他反反复复的经验累积。

他是丰县父老乡亲们心中的土地保护神,谁家土地上的禾苗出了状况,无论严寒还是酷暑,渠立强风雨无阻地赶来了。看着怏怏的禾苗成活过来,增产增收了,老百姓笑了,他也笑了。在他的眼里,一个农民的子弟,能扎根基层,回报农村,就是回报了生养他的大地和母亲。他的笑容像庄稼一样质朴,他的心灵像土地一样赤诚。

为了改良土壤,改善施肥配方,他甚至用舌尖来尝,他通过科学的分析、观察,如一个老中医那样,仔细地望闻问切,开个处方,药到就病除了。老百姓看到他,就像看到眼前的财富那样。

他顶着早晨的一头雾水出发,到晚上一头泥水和汗水归来,深夜了,还马不停蹄地忙着记录各种数据, 写分析材料。他在日记里引用过艾青的诗句:"为什么我的眼里常含泪水,因为我对这片土地爱得深沉"。

一个早出晚归的丈夫,一个视工作为生命的父亲。他的妻子和儿子从最初的不理解,到最后成了最可靠的同盟军。这一路上的艰辛,孙瑞林大姐说得平静淡然,仿佛这是她生命中最平常的际遇,她在他对工作的倾心热爱里感受到了别样的幸福,甚至是骄傲。若不是一场病魔的侵略,他们是幸福的一家人,他们会看着懂事可爱的儿子渐渐长大,彼此温暖地搀扶到夕阳相伴。

早在2005年底,渠立强就被查出了肾癌。那一年春节,他带着妻子给父母拜年时,他们双膝跪地磕了两个响头。两个人把眼泪默默地吞咽在肚子里,只有孙瑞林知道丈夫此举的含义。他害怕,这一别将成永别。他再也不能在父母膝下尽孝,为他们养老送终。

春节一过,单位安排专车送他去了北京的医院,在经历了两次大手术后,整个右肾和半个左肾被切除。才过了38天，他又出现在实验室里，这让同事们大为惊讶。“老渠，你不要命了？!”渠立强笑着说：“县里要迎接省生态农业县建设规划验收，所有基础性材料都在我这里，你们说，我能呆得住吗？”

谁也无法阻拦着倔强的老渠对工作的热爱，离开工作，他就像鱼儿离开水那样。工作，让他忘记了疼痛，让他感到了生命的美好。

从家到办公室只隔着200米的距离，老渠拖着瘦弱的身体，走走歇歇，每一步都走得那么艰难。然而，他的心充满了无限的能量，他把这段距离看成是生命运动的轨迹。人们不是常说“生命在于运动”吗？他以为他只要不停地运转着，他就能铸就生命的另一种鲜活。

有时，他加班晚了，腿脚变得麻木，妻子孙瑞林就从家里打来热水，他一边泡脚，一边又伏案台前，进入忘我的工作世界里。妻子默默地陪伴着，守候着。

在短短的五年时间里，他仅靠半个肾支撑，马不停蹄地穿梭在田间地块，与老百姓们打成一片，为他们讲授农业科普知识。常常是这个村才讲完，又赶往下一个村。当别人关心他的身体，担心他劳累过度时，他总是笑着说：“别把我当成一个病人”。这五年里，他兢兢业业地为农业科技献身，先后完成了8个部省级农业推广项目，牵头制定了8项省市行业标准，主持申报了3项省重大专项科研课题。

2011年初，他仅有的半个肾也被癌细胞完全吞噬。在生命严峻的现实面前，他问了医生一句话，他说：“摘除了这半个肾，我还能工作吗？”他的话让医生感到很吃惊。在知道了他的事迹以后，医生建议他摘除半个肾，依靠血液的透析来维持生命。这是常人难于忍受和坚持的活法，而对于渠立强这样一个有着坚强意志力的人来说，这一定是他能克服的困难。

在手术之前，他把自己手上的工作认真梳理了一遍，该完成的抓紧时间完成，该移交的找人移交。他在手机短信里告诉妻子，“我一生做人做事光明磊落，对所做的事毫无怨言。万一我下不了手术台，叫儿子替我尽孝心。”妻子泪眼婆娑地送他上了手术台，他却安慰妻子说:“上次切一个半肾都挺过来了,这次只切半个,咱不怕！”

成了“无肾人的”渠立强还躺在病床上,又忍不住由来已久的习惯,认真地记起了日记,写与病魔作战的心情,记对亲人的牵挂,说对工作的不舍。其中一句我最有印象,他说“肾没有了,我还有心！”是啊,只要有一颗火热跳动的心,就是对生命不息的见证。生命的宽度与厚度,被浓缩到一句不经意的话语里。

他的事迹感动了无数个中国人,他无愧于大地,无愧于人类,无愧于自己。“感动徐州”颁奖词这样描述渠立强:“他专注于田间地头,不惜向生命借贷,只为了让禾苗欢笑、麦浪喧腾。他托起农民兄弟的希望,描画收获的风景,他是麦田里坚定的守望者。”

他用生命守望着脚下的土地,用汗水浇灌着希望,他是丰县人民的好儿子,是中国人民的好榜样。他的情怀决定了他的人生格局,24 年来,他虔诚地匍匐在大地上,用五体投地的姿势来敬畏土地,供奉自己一生的信仰。

今天,他坚强地与病魔作斗争。每周一、三、五,妻子用脚踏三轮车带着他去医院做透析,每次四个小时的漫长过程,他忍着疼痛,一动不动地躺在病床上。医院里,常常会有慕名前来探望他的人,很多陌生人送来了他们的关爱。这些爱心,激励着他战胜病魔的决心。

有首歌词里有句雄浑的唱腔,向天再借五百年！那是一个帝王的内心深处发出的雄心勃勃的呐喊。而今天,躺在病床上的渠立强只发出了弱弱的声音,老天若能给我一个肾,让我再活十年,我能再为老百姓踏踏实实地干上十年！这一声微弱的呼喊,铿锵地落在人们的心里,落在苏北平原茫茫的大地上,犹如九天惊雷,感天动地！人们期待着奇迹的出现,大地,离不开这样一个良医;国家粮食的安全,离不开这样一个科技带头人;我们,离不开这样一个有心人。

是谁把活着比作一场修行,然后,我们就开始了自己的漫长的修行。有人倒下了，有人离开了，有人还在艰难地修行着。渠立强的这一场修行，修得百姓欢颜笑，修得粮食丰收果，却修得自己病魔缠身，而他却说自己毫无怨言。佛曰，我不入地狱，谁入地狱？这勇往直前要拯救苍生的信念里，我在渠立强的身上看到了一种大爱的情怀。

在生命火光微弱的时候，我多希望有人的手里正拿着一把薪，添上去，火就旺了。但愿不久的将来，渠立强能遇上一个点燃他生命火花的人，还他一个健康的肾。也许，我们再能看到一个意气风发的中年人，他穿梭于田间地头，赛过蜜蜂采花忙。

有些人，注定会成为我们仰视的目标。因为有了这些人，我们才有了具象的指引。我们总是在别人的指引下，最终带领自己走向生命的彼岸！

童年里,那条流淌着快乐的小河

张亚凌

童年啊!是梦中的真,是真中的梦,是回忆,是含泪的微笑。

——冰心

我们村边是条沟,沟里有条河,叫徐家河。真得感谢徐家河,儿时的快乐离不开她的滋养。不过我一直觉得这个名字很无理很霸道——无视我们村的存在。河在沟底,沟沿儿东边的村子叫徐家村,沟沿儿西边就是我们聂家庄,咋不叫聂家河而叫徐家河,真的好过分!好在河并不在乎自己叫什么,也不会因为叫什么而厚此薄彼,一样地滋润方便着两个村子。

每每到了星期天,一大早,吃饱喝足后,我们就忙活起来。有的将要洗的衣物放在一个大笼里压得瓷瓷实实,有的则塞进蛇皮袋子里口儿扎紧,也有孩子一手拎着装衣物的笼一手拎着空笼,准备好了,就站在自家门口开始吆喝:“下徐家河喽——”,喊声此起彼伏。很快,孩子们就聚集到了一起。

而后,浩浩荡荡,直奔徐家河。

一到沟沿儿上,自然停住。下沟的路有五六里,一声“开始——”,撒腿就跑。想想吧,拎着重重的笼,背着满满的蛇皮袋子,飞快地摇摇晃晃。至于跑第几是没人在乎的,在乎的就是负重中飞奔的感觉。再想想,陡坡,放开地跑,就有开足了马力收不住闸的直接跑进了河里,惹得其他人哈哈大笑。

到了河边,立马手脚利索地营造起个人的空间:

脱下鞋袜,下到河里,先找来大小石头,将自己准备洗衣服的那块水面围起来。不能太严实,得保证水顺畅流淌,只要衣服倒在里面不会随水流出就可以了。为了确保万无一失,还得找几块圆溜点的石头压在衣服上。

说是洗衣物，其实就是将浸泡湿了的衣物放在大石头上用棒槌敲敲打打,至于洗得干净不干净,那就看各人的耐心及母亲的要求了,我们更感兴趣的是神侃。不看衣物,只是有一下没一下或快快地抡着棒槌,小嘴巴吧啦吧啦像机关枪。谁说三个女人一台戏?三个小丫头就可以上演热热闹闹的大戏了。

洗好后,就晾晒在身后的草丛上。远远看去,河边很是好看:不同布料不同颜色,一片一片。

好了,剩下的时间就属于我们了,恐怕这也正是我们欢呼雀跃般奔赴徐家河的真正原因吧。

在河里捞螃蟹的,在沟边找野果子吃的。最富有挑战性的游戏是顺着沟边的羊肠小路往下滑溜:或蹲下抱住双膝用脚来滑动,或干脆一屁股坐在地上冲俯而下。想想吧,羊肠小径盘来绕去,惊险又刺激。

不过新问题又来了:次数多了,抱住双膝用脚的,鞋底就磨薄了;直接坐地上用屁股的,裤子就磨破了。挨打是小事,乡下孩子皮实哪个不是挨打长大的?没鞋没裤子穿了害得母亲劳累,多心疼啊!

既要玩得开开心心又得消除后顾之忧,咋办?

屁股下面坐个瓦片试试?

瓦片两边翘起,下面着地部分少,还便于滑动。只是,那得多小的屁股?瘦小的可以,肥硕的就不行了。

再后来啊,每次去河边洗衣物,篮下就带着“玩具”:或是切割得方方正正不能用了的凉席片,或是奶奶编的圆形草垫,还有自己用柳条儿编的歪歪扭扭的丑家伙,反正能坐在屁股下就行。没有后顾之忧了,一个坐上去,双腿翘起,另一个在身后使劲一推,顺势而下,还多了一种飞起来的感觉!

自然也有很懂事的孩子,就是多带了空篮的。她们是不参与玩耍的。

有的在沟边爬上爬下的捡拾羊屎蛋蛋,可别笑,就是满脸欢喜地用手一粒一粒捡起来放进篮里。那时化肥什么的都很稀缺,地里基本上都是农家肥,捡拾羊屎蛋蛋是很普遍的事。活不重,又耗时间,自然多是我们小孩子。

有的找野菜。那时粮食少,也多是杂粮充饥,自然少不了野菜。荠荠菜,灰菜,马齿苋,野蒜,婆婆丁……凡是能吃的,都会挖回家。在开水里一焯,可以做成凉菜；切碎后加点面，再拌点盐、花椒锅里一蒸，就做成了好吃的菜疙瘩；可以做野菜馅的包子吃，我们才不会理会包子皮儿是什么面做的；还可以烙菜饼吃，做菜面吃……也只是野菜，聪慧的母亲们却能做出种种吃法。

有的挖中药，挖的中药晒干后拿到镇上的中药铺子卖。别小看穷山沟，值钱的东西可不少：最多的是远志，还有麻黄、地骨皮、柴胡、黄芩等等。卖的钱大部分交给母亲补贴家用，自己只留点买学习用具的钱。

日落西山了，玩得差不多了，也饿了，就开始收拾晾晒的衣物准备回家。

回去是五六里的上坡路，加之又累又饿，就显得松松垮垮，前前后后拉开了很远。你呻吟着"腿好疼"，她叫喊着"累死了"，以至于我赖皮般扯着你的笼，她又拽着我的衣角，一拉一串，俨然是残兵败将溃不成军。不过疲惫的脸上，依旧是无法躲藏的欢喜。

下雪了，结冰了，徐家河更热闹了，——天然的溜冰场。

童年里所有的快乐，都与徐家河有关，那些快乐啊，似乎也奔流成一条会唱歌的河。

一条河，一条路，一片静静的白桦林。那些缓慢流淌远去的时光，再也不会回来。这就是童年，我们生命开始最欢愉的时光，就是在这里蔓延开来！

前进一步

蒋光宇

既然选择了远方，便只顾风雨兼程。——汪国真

在古罗马的历史上，斯巴达克是一位值得大书特书的奴隶英雄。他的一生波澜壮阔，他的英雄伟绩载入史册，为后人所敬仰。他认为在自己的一生中，最受益和最难忘的人和事，就是母亲的一句话："前进一步。"

斯巴达克年少时开始学习剑术，一次他与同伴切磋剑术，当他还没有将剑刺到对手身上的时候，对手的剑却早已刺到了他的身上。斯巴达克很懊恼，抱怨自己的剑太短了。

这时，在一旁观看的母亲走过来，拍了拍他的肩膀，坚定地说："不，孩子，如果你前进一步，你的剑不就长了吗？"

母亲是孩子的上帝。有时候，母亲的一句话可以改变一个孩子的人生轨迹。从此，"前进一步"鼓舞着斯巴达克一步又一步地不断前进！

身为奴隶的斯巴达克，其英勇与善战，其智慧与力量，就连罗马的高层统治者也佩服得五体投地。经过罗马最高独裁者苏拉的同意，他获得了自由。自由，对于奴隶来说，无疑是高于一切的。

斯巴达克在无比宝贵的自由面前，没有满足，没有停步，他要"前进一步"，他要拯救自己的妹妹，拯救一切角斗士，拯救一切奴隶。他庄严地向古罗马的奴隶制度怒吼："我诅咒把世界上的人类划分为自由人和奴隶的一切统治者！"

在斯巴达克的号召下，罗马的角斗士在伦杜鲁斯举行了令罗马统治者胆战心惊的起义。在长达 4 年的征战中，斯巴达克所领导的起义军为了自由而

浴血奋战,他们用自己的血肉之躯给了罗马统治者以沉重的打击。角斗士和奴隶们在这场战争中,用“不自由,勿宁死”的大无畏气概证明:他们不仅是应当获得自由的人,而且是能够创建伟大功勋和推动历史前进的人。

斯巴达克在节节的胜利面前,没有满足,没有停步,他要“前进一步”,他要用自己的热血与生命,率领奴隶们为推翻万恶的奴隶制度和罗马暴政而奋斗。

代价是进步之父,补偿是进步之母。历史上的每次进步,几乎都是用热血和头颅来换取的。尽管斯巴达克的夙愿没能实现,起义军遭到了极其残酷地镇压, 宁死不屈的 7000 名战士统统被吊死在从加普亚直通罗马的阿庇乌斯大道两边,但是斯巴达克所领导的起义顺应了历史的潮流,第一次敲响了古罗马奴隶制度的丧钟。从发展的观点看,任何统治者都无法停止地球的转动,无法阻拦飞奔向前的历史的巨轮,无法挽救古罗马奴隶制的必然灭亡。

“前进一步”就是自强不息,永不满足;就是顺应潮流,与时俱进。坚持“前进一步”,就像绳锯木断,就像水滴石穿。坚持“前进一步”,再漫长的征途也会被甩在身后,再险峻的山峰也会被踩在脚下。

生命不止,奋斗不已。前进的意义在于不断的挑战自己,不断完成生命中每一个重要的使命。千里之行,始于足下。每个人只有在前进中迎来自己生命中最珍贵的时刻。

人可以貌相

陈鲁民

人不可貌相,海水不可斗量。——谚语

俗话说,人不可貌相,海水不可斗量。的确,海水浩瀚,无法用斗来测量;论人识器,不能以外貌为审视标准。但实际上,在多数时候,人是可以貌相的。慈眉善目者多为良善好人,凶神恶煞者多系匪盗流氓,仪表堂堂者磊落君子居多,其貌不扬者人物大多猥琐——只是当我们依照一般标准判断失误后,才会发出一生喟叹:人不可貌相。

"人可以貌相",如果说一般人是阅历丰富后的经验之谈,科学家则是建立在严谨数理统计基础上的科研成果。据发表在《英国皇家学会会志:生物科学》上的一项最新研究显示,男人脸部宽度和长度的比例越大,越有可能进行不道德行为。而这种宽高比,部分原因是由男人体内睾酮激素的增加和积聚引起的,睾酮激素在决定男人面部的宽高比上扮演着重要角色。以美国总统为例,拥有高宽高比的有肯尼迪、尼克松、克林顿等,都是有道德污点的;反之,低宽高比的华盛顿、林肯、罗斯福,则都是道德楷模。

"人可以貌相",还因为"世事无相,相由心生"(《无常经》),就是说有什么样的心境,就有什么样的面相。一个人的修养、胸怀往往可以从其面相中看出来。唐朝裴度少时品行不端。一行禅师看了裴度的脸相后,发现他印堂发暗,嘴角纵纹延伸入口,恐有牢狱之灾,劝勉他积德修善。裴度依教奉行,日后又遇一行禅师,大师看他目光澄澈,脸相完全改变,告诉他以后必可贵为宰相。裴度前后脸相不同的变化差别就是因其不断修善、断恶所致。

老外也信这个。一次,林肯总统亲自面试一位中年应聘者,学历、能力、履历都不错，却没有录用。幕僚问他原因，他说："我不喜欢他的长相！"幕僚非常不解地问道："难道一个人长得不好看，也是他的过错吗？"林肯回答："一个人40岁以前的脸是父母决定的，40岁以后的脸却是自己决定的，他要为自己40岁以后的长相负责。"林肯的话是很有道理的，那些心理阴暗、心胸狭窄的人，反映在貌相上，也决不会是阳光灿烂的。

宋初陈希夷说："心者貌之根。"德国哲学家叔本华也说过："人的外表是内心的图画，相貌表达了人的整个性格特征。"还记得云南大学那个杀人犯马加爵吧，据当时给他照过毕业照的摄影师回忆：拍照时他看了马加爵的模样，就隐隐约约觉得这孩子早晚要出事，因为镜头面前的他眼露凶光，面带杀气。确实，此时的马加爵因常被同学取笑，早已气愤难平，怒火中烧，急于寻求渲泄。当马加爵行凶外逃时，公安部门的通缉令是这样描述他外貌的：方脸，高颧骨，尖下巴，凹眼，蒜头鼻，大嘴，下唇外翻。这个相貌，不仅有父母遗传的丑陋，更有后天的凶残心性在外貌的显露。

当然，如果一味地以貌取人，确实会因识人不准而失之偏颇。曹操是个"外貌协会"铁杆成员，见到来献益州地图的张松，因觉得他面貌丑陋，就不甚喜欢。张松愤而转投刘备，帮刘备成就了三分天下的基业，令曹操后悔不迭。

大千世界，人海茫茫，什么类型的人都有。有心貌同一的，或器宇轩昂而雄才大略，或貌美心美内外兼修，或长相愚钝心亦糊涂；也有心貌迥异的，或其貌不扬大智若愚；或貌似天仙毒似蛇蝎，或貌似忠厚实则奸诈，究竟是哪类人物，是否可以貌相，那就靠您的一双慧眼了。

知人知面不知心，画龙画虎难画骨。单从相貌上其实很难去判断一个人的人品，只有在长久的相处中才可看见端倪。

站在灾难的不远处

叶浅韵

爱是生命的本源。——雨果

这是一个平常的周末，除了一直淋漓不停的雨，还有偶尔穿过乌云的光，我坐在一杯清茶里，与休闲的时光缠绵。桌子突然摇晃起来，窗子也开始作响，地震了！我被一种灾难来临的意识清醒地警觉。几秒钟后又停止了，我伸出头去，楼下已聚了许多人，都在议论着刚才摇晃。

赶紧打电话追问孩子，小子在山上野炊正玩得欢乐，对刚才发生的事情一无所知。夫更是怀疑我在造假，说我的感觉一定出了问题。而我却像一只刚受过惊吓的小鹿，时时保持着对周围环境的警惕，准备着在风吹草动来临前，以百米的速度冲出家门。

雨停了，天空的云低低地垂下来，云朵的样子灿烂得有些不正常，有人说，看，地震云！我在大脑里搜索了一遍地震云的形状，确实又有几分相似。这种感觉让我产生了一种强烈的恐惧，我害怕我脚下坚实的土地突然翻脸不认人了，它正张着嘴吞噬着许多人的生命。

前些日子，市内一些地震监测点发生了异常情况，坊间传闻迅速扩散，搞得人心惶惶。谁都不知道意外与明天，谁更先到达。从小学到中学加紧了防震的演练，广播里天天在讲防震减灾的知识。从三月到八月，人们从紧张的空气中渐渐平静下来，以一种宿命的姿态应对万变。这一摇晃，又让人们陷进一种恐慌的状态。翻开这一天，公历 2014 年 8 月 3 日。

打开网络，迅速地搜寻到云南昭通鲁甸发生 6.5 级地震。原来，灾难已降临到我们邻居的身上，打电话给鲁甸的作家朋友，送去问候与关怀。得知他安然，地震发生时，他正在大街上，大地的摇晃让他有走不稳的感觉，但震中的受灾情况还是未知数。我在心中乐观地估计应该不至会有太大的破坏性。

遗憾的是，逐渐传来些惊心的数字，触目的图片。农村那些土坯房怎敌得过这强烈的摇摆呀，许多人就这样在自己简陋贫穷的家里丧生了。图片上，停止呼吸的孩子像是睡着了，旁边是悲痛欲绝的亲人。孩子，孩子，你醒醒呀！多少呼喊，多少哭泣，多少心肝肠断，再唤不醒一个个鲜活的生命。这心啊，被揪得鲜血淋淋。诗人说，那是我的哥，我的弟，我的姐，我的妹，我的妈呀，你还活着吗？

什么祈祷，什么祝福，在一场突如其来的灾难面前都显得太过虚华。而对第一时间到达救灾现场的部队官兵们，我总是含着热泪，在危难时刻总有一群人撑起社会的脊梁，让我有油然的骄傲。灾区的大雨增加了救援的难度，但他们坚毅的脸上告诉我，只要有一丝希望，他们都不会放弃。2023

每一次灾难，总能收获无数感动。许多珍贵的东西只有在危难时刻才能得到彰显，所以，当我看到我居住的这个城市的救援队伍到达救灾现场时，我顿时热泪盈眶。我知道，许多人已经伸出援助的手，捐钱捐物，为灾区人民送去物资，送去温暖。灾后重建的工作还在任重道远，受伤深重的人们还需要时间绵长的抚慰。但，这一切都会慢慢远去的，让我们记住爱与伤痛，记住意外与灾难。

在不可预知的未来里，谁也不知道明天的样子，我们也绝不能因为明天而悲观，永远活在自己制造的担忧和恐惧里。若是哪天，病灾不期而遇，每个人都应该看到自己坚强的样子。有别人的关怀和鼓励，再有一颗强大的心灵，有爱的世界里，让我们紧跟着幸福的脚步向前行走。

天有不测风云，人有旦夕祸福。生命中的不确定变故，总使我们始料不及，但幸运的是，灾难面前总是有那么多温暖而又持续的爱陪伴着。我们总要在这样的力量中，活出自己想要的样子。